感人泪下的 动物故事

本书编写组◎编

重新寻回难得的感动，
重新唤起对真善美的追求！

GANREN
LEIXIA DE
DONGWU GUSHI

广州·北京·上海·西安
世界图书出版公司

图书在版编目（CIP）数据

感人泪下的动物故事／《感人泪下的动物故事》编
写组编．—广州：广东世界图书出版公司，2010.7（2024.2 重印）
ISBN 978 - 7 -5100 -2533 -4

Ⅰ．①感… Ⅱ．①感… Ⅲ．①故事 – 作品集 – 世界
Ⅳ．①I14

中国版本图书馆 CIP 数据核字（2010）第 147820 号

书　　名	感人泪下的动物故事	
	GANREN LEIXIA DE DONGWU GUSHI	
编　　者	《感人泪下的动物故事》编写组	
责任编辑	李欣鞠	
装帧设计	三棵树设计工作组	
出版发行	世界图书出版有限公司　世界图书出版广东有限公司	
地　　址	广州市海珠区新港西路大江冲 25 号	
邮　　编	510300	
电　　话	020-84452179	
网　　址	http://www.gdst.com.cn	
邮　　箱	wpc_gdst@163.com	
经　　销	新华书店	
印　　刷	唐山富达印务有限公司	
开　　本	787mm×1092mm　1/16	
印　　张	13	
字　　数	160 千字	
版　　次	2010 年 7 月第 1 版　2024 年 2 月第 10 次印刷	
国际书号	ISBN　978-7-5100-2533-4	
定　　价	59.80 元	

前 言

感动是一首歌，一首令人荡气回肠的英雄之歌；感动是一首诗，是一首令人哀婉缠绵的爱情诗；感动是一幅画，是一幅色彩浓烈的油画；感动是一杯水，一杯不加糖、不放茶叶、不放咖啡的平平淡淡的水。

大千世界，生命千姿百态，越来越多的事实证明，感情并不是自然对人的特别恩赐，许多动物同样拥有动人的情感、精彩的生活与井然有序的生活规则。很多时候，动物表现出来的情感反而让人羞愧。

这本《感人泪下的动物故事》共收集了古今中外百余篇关于动物的故事。其中包括童话、寓言、民间故事等内容，式样多样，内容丰富。这些作品一定能打动读者，让读者从中体会到一种自我的感动，获得自我生存与生活的启示。如故事中劫富济贫的公鸡、乐于助人的白麻雀、打败了豹子的蜥蜴、聪明的兔子医生、因嫉妒而受到惩罚的比目鱼、被狮子挑拨成功的三头公牛、披着狮子皮而害死了自己的驴、出卖朋友的驴，以及百鸟朝凤的由来等。是动物，丰富了人与自然的情感；是动物，启迪了我们的生存智慧；还是动物，闪耀着与人性同样灿烂的光辉。

我们相信，这些有关动物的文字必将感染更多的人，让更多的人获得一种灵性，一种源于心灵的自由，也会让更多的人审视自己，审视自己的过去，更好地面对未来。

目　录

狼和狐狸〔保加利亚〕 …………………………… 1

刺猬、田鼠和狐狸〔保加利亚〕 ………………… 5

狼和它的猎物〔保加利亚〕 ……………………… 7

老鼠妈妈选媳妇〔保加利亚〕 …………………… 9

招摇撞骗的朝圣者〔保加利亚〕 ………………… 13

智　取〔保加利亚〕 ……………………………… 17

公鸡和土耳其苏丹〔匈牙利〕 …………………… 19

白麻雀〔比利时〕 ………………………………… 21

机智的兔子〔芬兰〕 ……………………………… 25

聪明的小猪〔丹麦〕 ……………………………… 26

犀牛的皮是怎么来的〔英国〕 …………………… 28

为什么鲸的咽喉是这样的〔英国〕 ……………… 30

神鸟加赫加〔英国〕 ……………………………… 32

一头小象〔英国〕 ………………………………… 35

小白鸭〔英国〕 …………………………………… 41

百事通矮脚狗〔英国〕 …………………………… 45

鳄鱼和扁角鹿〔印度尼西亚〕 …………………… 46

小老鼠和大象〔土耳其〕 ………………………… 49

珍珠鸡和鳄鱼〔马达加斯加〕 …………………… 52

猫头顶上的花纹是怎么来的〔马达加斯加〕 …… 56

感人泪下的动物故事

1

蜥蜴打败了豹子〔斯里兰卡〕 ·········· 58

萤火虫和猴子〔菲律宾〕 ·············· 62

为什么鳄鱼不死在水里〔非洲〕 ········· 64

羚羊和豹子打官司〔扎伊尔〕 ·········· 66

兔子医生〔刚果〕 ················ 67

大象的考验〔刚果〕 ·············· 70

换　汤〔刚果〕 ················· 73

狮子搬家〔刚果〕 ················ 75

狐狸和老虎〔越南〕 ·············· 78

比目鱼《格林童话》 ·············· 79

老鼠　鸟　香肠《格林童话》 ········· 80

狡猾的狐狸《格林童话》 ············ 82

狐狸是怎样摆脱狼的《格林童话》 ······· 83

傲慢的狐狸《格林童话》 ············ 84

聪明的狐狸《格林童话》 ············ 85

兔子和刺猬赛跑《格林童话》 ·········· 86

老麻雀和它的四个孩子《格林童话》 ····· 90

狼和七只小山羊《格林童话》 ·········· 93

小母鸡之死《格林童话》 ············ 96

鸟兽大战《格林童话》 ············· 97

三头公牛和狮子《伊索寓言》 ········· 100

秃尾狐的坏主意《伊索寓言》 ········· 102

狗、公鸡和狐狸《伊索寓言》 ········· 103

披着狮皮的驴《伊索寓言》 ·········· 105

城里鼠和乡下鼠《伊索寓言》 ········· 106

爱唱歌的夜莺《伊索寓言》 …………………… 107

蝉戏狐狸《伊索寓言》 …………………… 108

自不量力的蚯蚓《伊索寓言》 …………………… 110

狮子的眼泪《伊索寓言》 …………………… 111

大鸦和蛇《伊索寓言》 …………………… 113

狗仗人势《伊索寓言》 …………………… 114

小蟹和母蟹《伊索寓言》 …………………… 116

勤劳的蚂蚁《伊索寓言》 …………………… 117

出卖朋友的驴《伊索寓言》 …………………… 119

狮子、驴、和狐狸《伊索寓言》 …………………… 120

机智的蝙蝠《伊索寓言》 …………………… 122

野驴下山《伊索寓言》 …………………… 123

老虎和兔子〔中国〕 …………………… 125

百鸟朝凤〔中国〕 …………………… 127

义鹊怜孤〔中国〕 …………………… 128

龙王与青蛙〔中国〕 …………………… 129

人云亦云的八哥〔中国〕 …………………… 130

虎与刺猬〔中国〕 …………………… 132

猫头鹰的疑惑〔中国〕 …………………… 133

鸩鸟和毒蛇〔中国〕 …………………… 134

黑羊头的故事〔中国〕 …………………… 135

四位朋友〔中国〕 …………………… 136

勇敢的豪猪〔中国〕 …………………… 139

各有各的绝招儿〔中国〕 …………………… 141

小白兔和狮子〔中国〕 …………………… 144

感人泪下的动物故事

都是第一名〔中国〕 …………………… 147

小羚羊智斗大鳄鱼〔中国〕 …………………… 150

森林医生的助手〔中国〕 …………………… 153

森林里的搏斗〔中国〕 …………………… 155

虾子学艺〔中国〕 …………………… 158

布谷鸟盖房子〔中国〕 …………………… 161

大公狼上当〔中国〕 …………………… 163

蝙蝠的本事〔中国〕 …………………… 164

猫和老虎、老鼠〔中国〕 …………………… 168

老乌龟的智谋〔中国〕 …………………… 170

蜗牛和黄牛〔中国〕 …………………… 172

猴子和骆驼〔中国〕 …………………… 175

兔子为什么豁唇〔中国〕 …………………… 178

被惩罚的乌鸦〔中国〕 …………………… 179

麻雀为什么不会走路〔中国〕 …………………… 182

兔子与狼〔中国〕 …………………… 185

绿豆雀和象〔中国〕 …………………… 189

螺蛳和兔子〔中国〕 …………………… 190

布谷鸟和雉鸡〔中国〕 …………………… 191

狡猾的鳝鱼〔中国〕 …………………… 194

螃蟹和鹭鸶〔中国〕 …………………… 195

有勇无谋的狮子〔中国〕 …………………… 198

老虎和萤火虫〔中国〕 …………………… 199

狼和狐狸

（保加利亚）

狼在山谷里碰到了两头牛，它们在并排吃草。

"喂，牛啊！"狼叫道，"现在我要把你们两个都吃掉！"

"狼，等一等再吃我们吧。"两头牛说，"请你先听听我们的请求：你等会儿先吃掉我们当中的一个。你反正不能同时吃两个，另外一个留着明天吃。你听我们的话吧，我们是为你好，因为我们是牛，我们活着就是为了被人吃。你选一个先吃。我们这么办：你站在这块空地上，我们后退一百步，一个往右，一个往左，然后我们以最快速度向你跑来，谁先跑到，你就留谁到明天早晨吃，谁跑得慢，你就立刻吃掉谁。你对这个主意有什么话说？狼，这样做好吗？你站在这里，我们向你跑来。"

"这样行！"狼说，"你们就照刚才说的行动吧。"

狼坐在指定的地方磨着牙齿，准备吃牛肉。两头牛向不同方向走开去。然后它们转过身就朝狼跑来，用牛角从两面向狼进攻——结果，狼倒在地上，半死不活了。

"我真不幸哟！我真倒霉。"狼说完，伸直了身体，好像死了。两头牛马上逃回村庄主人家去了。

后来，狼的伤好了，它站起来，对自己说：

"唉，我的头脑是怎么搞的！为什么要让牛留到明天当早饭？今天捉到，就吃个痛快，不要考虑明天，肉干对狼有什么用？"

于是，狼又去寻找食物了。它运气真好，碰到了一头驴子，狼对驴子说：

"驴子，我要马上吃掉你！"

"好吧，狼，你吃吧！"驴子回答说，"不过你未必敢，我有国王颁发的圣旨。圣旨上写着我是既不能吃，又不能喝的，你竟敢吃我？"

"哦，你有圣旨，我倒要看看，是否真的写着我不能吃你的规定。"

"狼，你看吧。"驴子说，"你从后面过来，把我的尾巴甩到一边去。你读了圣旨后，就会知道我是否吹牛，要是我吹牛，就得死掉。"

狼是比较笨的，它又受了骗。它站在驴子后面，驴子用脚一踢，上了铁掌的脚蹄踢到它的身上，它跌到十步以外，半晌动弹不得。驴子赶紧逃回村里去了。

过了几个小时，狼觉得好多了，它站起来，悔恨交加地说：

"唉，我这个头脑啊，简直不是头脑，是南瓜！为什么去读圣旨？俗语说，'没找到就不要吃，找到了就吃！'好吧，这是对我的教训。"

这次，狼走到村庄里去找猎物。它走到一家后院门口，肚子饿极了。真巧，有一头骡子在这里吃草。

"啊，骡子！"狼说，"我要立刻吃掉你。我饿得没力气了。"

"好吧，狼，你吃我吧。"骡子说，"不过我们有一个风俗：你要吃骡子，先要从它身上跳过三次，目的是为了你吃掉我后，可以赎清罪孽。"

"好吧，骡子，你愿意的话，不要说三次，就是六次也可以。不过，你可别生气，我要马上吃掉你，我实在太饿了。"

狼开始从骡子身上跳过去，村里的狗看见了狼，就向它进攻。狼连忙逃走了。狼为了逃命，跑得很远。它走啊，走啊，遇到了一头猪，说：

"喂，猪，我要马上吃你。"

"狼，你吃吧。"猪说，"不过，请你让我先叫你开心开心。让我奏奏风笛，我一奏风笛，你吃我时，我就可以好受一些。"

"好，你奏吧。"狼说，"不过，快一些，我已经三天没吃过一点东西了。"

猪吸足了气，突然叫道：

"克——维奇，克——维奇！"

这声音天上也听得见。猪不停地叫着，好像有人用刀在杀它。牧猪娃听到猪叫，带着狗跑来了。狗向狼冲去，狼逃走了，只恨少了两条腿。

狼逃啊，逃啊，正巧碰到了狐狸亲家。

"啊，啊！狐狸亲家，我找你多时了，我要吃东西，现在，你落在我手里，你逃不了。我一定要吃掉你，我三天没吃过一点东西了。"

"狼亲家，"狐狸说，"我找你也找了三天，我的腿也走得快断了。现在找到你真是太高兴了！可是你竟然想吃我！狼亲家，你是否知道，你的鸿运来了，你给我送礼吧！"

"那么快说，我听着。"狼说。

"狼亲家，我说，我说。我找你就是为了叫你去参加婚礼，当男主婚人。我给你带来了苹果，这是男主婚人应该拿的。但不幸得很，苹果都弄坏了，我扔了。我想，不行，叫狼去参加婚礼，给他带来的苹果怎能都是坏的？现在既然找到你了，还是请你去吧。狼亲家，请你来参加婚礼，做新郎新娘的男主婚人。今年，你是主婚人，过一年，你就可做教父了。跟我一起走吧，我带你去参加婚礼，请你坐贵宾席。"

"狐狸，你要当心。"狼说，"不要像牛一样骗我，用牛角抵我，否则你没有好下场！"

感人泪下的动物故事

3

"噢，狼亲家，看你说的什么话！我敢骗你吗？我辛辛苦苦找了你三天，就是想同你一起坐贵宾席，主人叫我请你去当主婚人时说过：'狐狸亲家，你去叫狼亲家来当我们的主婚人。'再叫我告诉你，用牛角抵你的两头牛他已杀了，烧好了摆在宴席上。你一到村里，全村人就隆重热烈地来欢迎你，他们手里拿着木棍和石块，以对你表示尊重。在告别时，好客的主人还割了一只牛腰子送给我。狼亲家，我们一起走吧。"狼的狡猾同狐狸相比，那是差得远了。它又受骗了，同狐狸一起去参加婚礼。

狼同狐狸向村庄走去。农民们看见狼后，有的拿木棍，有的拿石头，向狼的方向跑来，没头没脑地打。结果，狼没有剩下一根完整的骨头，逃走了，差点送了命。狐狸当时走在狼后面，农民跑来时，狐狸回头就逃，躲进磨坊里。磨坊里有一锅粥，已经冷了。狐狸吃了这锅粥，嘴上脸上满是粥，逃到森林里去了。狐狸一看见狼，就叫道：

"噢，唷唷！我差一点死去！我这个孤儿，竟遇到了这么大的灾难！"

狼听到狐狸哭了，就走到面前，说：

"狐狸，有什么好哭的？你什么地方痛？我的肋骨全被打断了也没哭。而你，人家又没打到你，你哭什么？"

"狼亲家，怎么会没打到？你怎么说我一点没吃着苦头？你看，我的脸是怎么被打坏的！你看，血还在流。噢唷唷，狼亲家，你背着我走吧，否则我要死在这里了！"

狼背起狐狸走了。

狼把狐狸背到洞口。狐狸跳到洞里头，刺激狼。狼明白，狐狸在嘲笑它，就把头伸进洞里，拖住狐狸的后脚。狐狸叫道：

"狼，你放开树根，快抓住脚！狼，你放开树根，快抓住脚！"

狼听到后，就放开狐狸的脚，用牙齿咬住洞口里伸出来的树根。

狐狸爬到了更里面，又讥笑起狼来了。狼站在狐狸洞口前，瞪着眼睛，想爬进去把狐狸撕碎吃了，但进不去，因为洞很窄。

"我真不幸！"狼哀怨地叫道，"我多么傻！没办法，看来也只能饿死了。"狼说完这些话，把头伸到脚爪下，死了。

刺猬、田鼠和狐狸

（保加利亚）

刺猬在田里走，看见田鼠挖出的一堆泥，它一听是田鼠在地下打洞。刺猬就对田鼠说："田鼠大嫂子，爬出来吧，我们来聊聊天。"

田鼠爬了出来，满身是泥，跑到刺猬跟前。

刺猬说：

"我看，你真是勤劳，一天到晚想的都是干活。"

"那么你想什么呢？"田鼠问。

"我在考虑一桩好事，不知道你是否同意。"

"要是对咱们俩都有利，为什么不同意呢？"

"我们一起干活，"刺猬说，"你耕地，我耙平、播种，以后得到的麦子平分。"

"刺猬大叔，我同意。咱们俩一起干活，事情一定顺利，我会耕地，可是不会耙，因为我身上没有针刺，你身上有。但你的脚筋和脚爪没有我的那么有力。所以我们少了谁都不行，现在就开始一起干活，所得的各人一半，我们的日子就一定好过了。"

"这么说，我们就决定了。"刺猬说，"现在你加把劲开始耕地吧。"

田鼠着手耕地了，它耕了一天，两天，把地全耕完了。接着轮到刺猬干活了。它蜷缩着身子在田里滚，滚了一天，两天，用身上

感人泪下的动物故事

的针刺滚平了翻起的土，接着就播种了。

庄稼长得很好，小麦苗壮，麦穗累累，就是看着也高兴。收割时间到了，它们一起割完麦子，脱了粒，最后要分麦子了。

刺猬拿来一只箩筐，把小麦装得满满的，说：

"这是我的！"

然后刺猬装了半箩，交给田鼠说：

"这是你的！"

田鼠看了看问：

"为什么你拿满满一箩，我却只有半箩呢？"

刺猬回答说：

"因为我干的活比你重得多。我把土地耙平，身上的针刺断光了，连一根完整的也没有。"

田鼠争辩说：

"可是我为了耕地，脚爪都断了，按道理说，我应该比你得到的多。"

它们你一句来，我一句去，后来互相谩骂，最后甚至打了起来，互相揪住头颈。

这时，狐狸大嫂听见吵闹声，就走过来看看。它拉开双方，坐下来解决它们的纠纷。它一边听双方说，一边目不转睛地盯住小麦看。

刺猬对狐狸说，它为了耙平麦田，忍受了无法形容的痛苦，而田鼠给狐狸看只只都断了的脚爪。

狐狸听了双方的话，心里暗暗感到好笑，说：

"依我看来，你们俩都干得不错，我给你们公平合理解决，不使任何一方吃亏，我怎么说，事情就怎么办，你们是否同意？"

"同意。"刺猬和田鼠一齐说。

狡猾的狐狸说：

"你们收了十箩麦子，麦草不算，麦草归刺猬，让它心里轻松一点，它怪可怜的，劳累得不像样子，身上的针都断了。它铺开麦草，睡在上面，软软的，会很舒服。田鼠拿一箩小麦，还有九箩留给我狐狸大嫂，我拿到磨坊里去磨面粉。我给你们是按实际情况分的！"

刺猬听了后，心里想：原来如此！狐狸真是狡猾。

狐狸拿了九箩麦子走了。这时田鼠对刺猬说：

"刺猬大叔，你看，我们争吵的结果就是如此！要是我们各自一半，就可以吃一年了。现在，我们却没有什么了。"

刺猬叹了一口气，说：

"所以，人们说得好：'两个人打架，第三个得利。'"

狼和它的猎物

（保加利亚）

一只绵羊走进酒店，擦了擦眼睛，对老板说：

"给我一碗酒喝喝吧。"

老板把酒拿来了。绵羊把头伸进碗里，喝光酒，说：

"再来一碗！"

"为什么喝那么多的酒？"老板问绵羊。

"心里痛苦。"

"什么事？"

"去年秋天，一只狼偷偷钻进羊舍，拖走了老绵羊——我的父亲。世界上再也没有我的爸爸了！只有它的铃还留着。"

"既然如此，你唱歌吧，唱唱歌，也许心里会好受点。"老板劝道。

绵羊喝了一整天酒，从酒店出来时，已是醉醺醺的了，它用沙哑的嗓子哼着歌。

"你唱什么?"山羊问它。

"我喝了酒,所以就唱了。"

"看你醉成这个样子,不好啊!"

"我能不喝酒吗?"绵羊争辩说,"我心里痛苦。去年秋天,狼拖走了我的亲爹。"

"你现在往哪儿去?"

"到森林里去。"

"到那里去做什么?"

"同狼打架。我要战胜它,剥了它的皮,卖给茨冈人,他们给我做面鼓,鼓会发出声音,我就可以跳舞唱歌了。"

这时,绵羊眼睛里闪着快乐的神色。

"我也去。"山羊说,"我的角很尖。"

"不必!我就能对付它。"

醉醺醺的绵羊走出村庄,慢慢地向森林走去。它遇到一条狗,狗了解到绵羊去的地方后,就说:

"我同你一起去。去年夏天,狼吃了我两个弟弟。我要用牙齿对付它,你去引它打架,我跳到它背上咬它。"

"你不要管我的事。"绵羊说,"我现在愤怒至极,可以一下子把它打倒在地。"

绵羊独自去同狼打架了,可是狼把它也吃了。过了不久,山羊跑进森林来为朋友报仇,但狼把山羊也吃了。

狗也来到了森林,要问问狼为什么吃掉它的两个兄弟。但狗也没回去。

狼直到今天还在森林里,它心里想:要是全体绵羊、细腿的山羊、牙齿锐利的狗一齐来向我进攻,我早就完了!森林里也一定没有我的位置了。可它们一个个来,就对付不了我了。

老鼠妈妈选媳妇

（保加利亚）

老鼠想给儿子娶亲，它要在野兽中找一个能力强的姑娘。老鼠想：这样我们就可以对付猫了。于是，它出去到处打听，在野兽中哪个姑娘最最强大，然后就同哪一个攀亲。它走啊，走啊，碰到了一只兔子，老鼠就对兔子说：

"兔子，见到你很高兴！请你停一停，我想向你说一件事。"

"说什么事？"兔子说着，抖了抖长耳朵，坐在后腿上，开始听了。

"我有一个儿子，"老鼠说了，"我要在最强大、最聪明的野兽里给它找个媳妇，好使我们不受猫的欺侮。我看，你的女儿不错，所以想请你把女儿嫁给我的儿子，好吗？"

"谢谢你看得起我。"兔子回答，"不过，世界上比我女儿强的多的是。"

"谁？"

"狼！我想到它，我就吓得全身毛发直竖。"

"兔子，谢谢你，再见了。"

"你到哪里去？"兔子说。

"兔子，我没时间了，我马上要去找狼。"

老鼠走啊，走啊，终于找到了狼。

"你好，狼亲家！请停一停，我有点事情要问你。"

"什么事？"

"我要给儿子娶一个最强大的妻子。我刚才碰到兔子，它说你最强大。要是你肯的话，我们来攀个亲吧，你是我的亲家公，我是你的亲家母。"

"谢谢你看重我，"狼回答，"不过，世界上比我强的野兽有的是。"

"什么野兽？"

"熊。"

于是，老鼠跑去找熊了。它找啊，找啊，终于找到了熊。

"熊大爷，你好！我要向你说一件事。"

"什么事？"

"我要给儿子找一个媳妇，它的种族要是最强大的。兔子叫我去找狼，狼又说，你比它强大。如果你肯赏脸的话，我们攀个亲，做个亲家。"

"好是好，"熊说，"不过世界上比我强的野兽有的是。"

"还有谁比你强？"

"狮子。它怒吼的时候，地动山摇，众野兽个个吓得藏的藏，躲的躲。"

于是，老鼠又跑去找狮子。它找到狮子后，说：

"我想给儿子娶个妻子，女的要是最强大种族里的人。我去找兔子，兔子叫我去找狼，狼又叫我去找熊，熊又说，你比它强大。如果你肯赏脸的话，我们攀个亲吧，你做我的亲家公，我做你的亲家母。"

"好吧，为什么不攀亲呢？"狮子说，"不过，比我强的还有。"

"谁？"

"太阳比我强。全体动物都托太阳的恩泽才得以生存。"

于是，老鼠直接去找太阳，对太阳说：

"我想给儿子娶亲，女方的种族要最强大。我去找了兔子，兔子叫我去找狼，狼又叫我去找熊，熊又叫我去找狮子，而狮子叫我来找你，因为世界上没有比你更强的了。"

"乌云比我强。"太阳说，"它只要在我下面一展开，我就不能照耀大地了。"

于是，老鼠又去找乌云，老鼠对乌云说：

"我想给儿子娶亲，要从最强大的种族里找个媳妇，我去找了兔子，它叫我去找狼，狼又叫我去找熊，而熊又叫我去找狮子，狮子叫我去找太阳，而太阳说，你比它强。如果你肯赏脸的话，我们攀个亲，做个亲家。"

"谢谢你的厚意。"乌云说，"不过，比我强的还有。"

"那么是谁？"

"风。它一吹，我就一点也没有了，都被它吹光了。"

于是，老鼠又跑去找风，对风说：

"我要给儿子娶一个妻子，妻子的种族要最强大的，我去找了兔子，兔子叫我去找狼，狼又叫我去找熊，熊又叫我去找狮子，狮子又叫我去找太阳，太阳叫我找乌云，而乌云说，你比它还要强。我请你把你女儿嫁给我儿子做媳妇。"

"你的想法很好。不过，比我强的还有！"风说。

"是谁？"

"山比我强。无论我怎么吹，它却岿然不动。"

老鼠又跑去找山，对山说：

"我想给儿子娶媳妇，对方要出身于最强大的种族。我去找了兔子，它叫我去找狼，狼叫我去找熊，熊叫我去找狮子，狮子又叫我去找太阳，太阳叫我去找乌云，乌云叫我去找风，风叫我来找你。如果你肯赏脸，把女儿给我做媳妇吧。"

"好是好，我也不反对。"山回答说，"不过，比我强的还有。"

"谁？"

"伊斯更尔河。它年年流过我的身上，我的岩石被它腐蚀了，我的身体被它磨光了，石头被它带走了，我对它一点没办法也没有。你去找它吧，让它把女儿嫁给你的儿子吧。”

于是，老鼠马上去找伊斯更尔河，对伊斯更尔河说：

“我要给儿子娶一个出身于最强大种族的妻子。我去找了兔子，兔子叫我去找狼，狼又打发我去找熊，熊叫我去找狮子，狮子叫我去找太阳，太阳叫我去找乌云，乌云叫我去找风，风又叫我去找山，山又打发我来找你。我诚心诚意恳求你，把女儿嫁给我的儿子吧！”

“谢谢你看重我。”伊斯更尔河说，“不过，比我强的还有。”

“谁？”

“河岸！无论我怎么冲它，总是冲不垮它。”

于是，老鼠走到岸上，对岸说：

“我要给儿子娶个妻子，妻子要出身于最强大的种族。我去找了兔子，兔子叫我去找狼，狼又打发我去找熊，熊又叫我去找狮子，狮子叫我去找太阳，太阳叫我去找乌云，乌云叫我找风，风叫我找山，山叫我找伊斯更尔河，而伊斯更尔河叫我来找你。如果你肯赏脸，我们攀个亲，你做我的亲家公，我做你的亲家母。”

“事情倒很好。”岸说，“不过比我强的还有！”

“谁？”

“田鼠！它日日夜夜在我身上打洞，我拿它一点办法也没有。”

于是，老鼠在洞里找到了田鼠，就恳求它说：

“我想给儿子娶一个最强大种族出身的妻子。我去找兔子，兔子打发我去找狼，狼又打发我去找熊，熊叫我去找狮子，狮子又叫我去找太阳，太阳叫我找乌云，乌云叫我找风，风叫我找山，山叫我找伊斯更尔河，伊斯更尔河叫我找岸，岸叫我找你。田鼠，请你不要让我空手回去，把你女儿嫁给我的儿子吧。我东奔西跑，风尘仆仆，还是一无所获。我们又是邻居，我的洞就在那边不远，我们大家互相帮助，和和睦睦过日子。”

"按你说的办吧！"田鼠说，"我有三个女儿，按你的喜欢选吧。"

老鼠看了田鼠的大女儿、二女儿和小女儿，想知道谁最漂亮，但是一点也看不清楚，因为田鼠洞里太暗了。

后来，老鼠妈妈终于选中了一个，为儿子举行了婚礼。它们庆祝了三天三夜。第四天，老鼠妈妈在太阳光下仔细看了一下新媳妇，原来是个瞎子！

老鼠妈妈叹了一口气，后悔了，但也迟了。田鼠对它说："亲家，事情往往是这样：爱挑剔的男人娶了个瞎子新娘。"

招摇撞骗的朝圣者

（保加利亚）

狐狸的苦日子到了，原来它到处找不到食物了。

"哎哟，我无依无靠，"狐狸说，"怎么办？怎么也弄不到吃的！人们现在变聪明了，把家禽都锁了起来。我拖不到一只鸡，一头羊羔。无论走到哪里，到处都放着捕兽器，想害死我。我虽然狡猾，现在也没生路了，所以我必须更加狡猾，否则就要被饿死了！"

狐狸反复想办法。后来，它终于想出了一个办法。它到处放出风声，说是后悔过去做了坏事，现在要去朝圣了，只要能找到两三个同伴，就一起出发。可是谁也不相信狐狸会去朝圣。

狐狸等同伴，等来等去，没有一个来。谁也不愿上山去找狐狸一起去朝圣。狐狸没有办法，来到平原上，钻进一个村里。它来到一堆粪前，可是不凑巧，被鸡发现了。公鸡马上就叫起来，要其他鸡快逃走，不要被狐狸拖走了。

"公鸡，你叫什么？"狐狸对它说，"你为什么要恐吓鸡？你以为我要吃鸡吗？现在不要说鸡，就是蛋我也不入口了。我已后悔了

感人泪下的动物故事

许多日子。我早已吃素了，荤的食物现在、将来都不吃了，因为我要去朝圣，祈求上帝和圣母的宽恕了。现在我只想找几个同路的，三个也行，我们一起去朝圣，一切旅费全由我负担。公鸡兄，你愿意的话，同我一起去朝圣，赎去你自己的全部罪孽，你将来也做一个朝圣过的人吧。"

公鸡想：要是我同狐狸一起去朝圣，也许可以赎我自己的罪孽，而且费用一文也不要。

公鸡这么想了后，对狐狸说：

"狐狸大姐，要是你叫我去，并代我付钱，我就去。"

"公鸡兄，一切费用由我负担，"狐狸说，"我诚心诚意希望你同我一起去，我怎么走，你就怎么走，一点也不用怕！"

公鸡跟着狐狸走了。它们走啊，走啊，来到一个池塘边。岸上有一群鹅，一只公鹅看见狐狸就"嘎嘎"地叫，它对小鹅们"嘎嘎"地叫，命令它们赶快离开狐狸。

"鹅兄，你怕什么？"狐狸对公鹅说，"为什么嘎嘎地叫，吓唬小鹅呢？我告诉你，我对过去的罪孽早已后悔了，从现在起，我吃素了，对于肉碰也不碰了。你不相信的话，就问公鸡，它同我一起走了许多时候。鹅兄，我还要对你说，我现在去朝圣，挽救自己的灵魂，祈求洗刷自己的深重罪孽，这都是我过去贪得无厌、嗜血成性犯下的。我坦白承认，我害了不少鸡、兔子等动物。哎哟，鹅兄，从前我是不知道残杀活的动物是多大的罪孽！我还不知道上帝是怎么启示我去向牧师忏悔的，现在牧师惩罚我这辈子不准再吃肉，去圣地朝圣一次，洗涤灵魂拯救自己。鹅兄，所以我才出发去朝圣。要是上帝让我平安到达，看看圣地，我就是死也可以瞑目了。现在，我有一个愿望，就是还要找几个同伴，一起去朝圣。所以我在努力设法凑朝圣者，能有两三个就够了。至于路上的花费，鹅兄，一概由我承担，我的同伴不用花一分钱。

鹅兄，事情就是这样。"

"嘎，嘎，嘎，狐狸，你倒是想得不错，上帝祝福你！"公鹅说，"你如果再用自己的钱带两个去朝圣，那么真是功德无量了。狐狸，那么我们可以同你一起去吗？"

"鹅兄，如果上帝亲自选中你的话，为什么不带你去呢？鹅兄，我们走吧！跟我走，如果你命中注定得救，你就会得救。"

"走吧，上帝保佑。"鹅说完，就同狐狸一起去朝圣了。

这时，小鹅们叫了："嘎啦，嘎啦！我们的大哥！"它们以为鹅大哥要去死了。

狐狸安慰小鹅说："鹅弟弟们，不要叫，不要舍不得。它是去朝圣的，上帝保佑它快快回来，并给你们带来好礼物。"

"要是你们给我们带来礼物，我们就祝你们来去顺利。"小鹅们嘎嘎叫道。

狐狸叫上公鸡和公鹅不是去朝圣，而是要屠杀它们。它们走啊走啊，碰到了一只鹤。狐狸对鹤说了一通，说得天花乱坠，骗了鹤也一起去朝圣了。

傍晚时分，狐狸来到一个村子，决定在乌荆子树丛里过夜。

狐狸躺在树下，鹤在它的对面，公鸡在树枝上，头藏在翅膀里，很快就睡着了，公鹅蜷缩在乌荆子树丛后面，也睡着了。只有鹤没有睡着，因为它不太累。

狐狸忍不住要吃肉了，但现在对公鸡和公鹅都不能下手，因为鹤还碍事。狐狸心想：怎么办？但它终于想出了一个阴谋诡计。它开始讲话了，声音很轻，好像在自言自语。它说："我的命真苦，背了一只包袱——傻公鸡。没有它，我就好了！我担心我们三个害死在它的手里。上帝，我求求你，降下些什么东西，砸死公鸡吧。"

鹤听见了它的话，问：

"狐狸，你一个人在说什么？公鸡待你有什么不好？你为什么如此忧伤？"

"鹤，我怎么能不忧伤？过一会儿，公鸡就要喔喔啼了，这是它的习惯。农民一听到，就会跑来把我们都杀死。"

"狐狸，你说得对，我们都要完了。"鹤说，"那么，我们怎么办呢？"

"有一个救命的办法：最好死掉一个，三个就可以活了。"

"好吧，狐狸，你们相信我吧，"鹤说，"我来承当。"

说干就干。鹤站在乌荆子上面，用长长的尖喙啄公鸡，马上就杀死了它。后来鹤睡着了，狐狸就站起来吃掉了公鸡。

第二天早晨，天还没有亮，狐狸就叫醒鹤和公鹅，带着它们朝圣去了。狐狸走啊走啊，肚子饿了。它想：最好再吃掉一个同伴，随便哪一个都行。但不容易啊！傍晚，它们到了一个沼泽地，那里有一群鹅。它们就在这里过夜。狐狸又装出一副哭泣的样子，自言自语，不知在说些什么。

"狐狸，你怎么啦？"鹤问它，"难道这里有什么危险？"

"鹤啊，"狐狸答道，"你怎么没看见沼泽地上那一群鹅呀！今天夜里只要一只鹅嘎嘎一叫，我们这里的公鹅一听到，就会嘎嘎相呼应，于是鹅的嘎嘎声把我们暴露给人，人就要把我们一个一个地捉去杀掉。我所担心的就是这些。"

"狐狸，既然如此，这件事也由我来办，死掉一个，总比死掉三个好。狐狸，你放心，我马上来解决它。"

鹤走到公鹅前，用坚硬的嘴喙猛啄公鹅的头。公鹅死了。

"狐狸，现在我除掉了公鹅，你用不着担心什么了。"

"鹤，光荣属于你，属于你坚硬有力的嘴。"

狐狸说着说着，突然闭住嘴不说话了，全身发抖，四脚捧住肚子。鹤看着狐狸，十分同情它。

"狐狸，你怎么啦？"鹤问，"你怎么抽筋了？"

"鹤啊，你别问了！我说出来也难为情。不过我们是朋友，我就不妨直说了。自从我斋戒后，不吃肉了，我的心就开始痛了。我怕再斋戒下去，我的命也要送了。"

"狐狸大姐，不必忍受痛苦。"鹤说，"吃素容易生病，你看这只公鹅倒是很肥，你吃吧，吃了后会好一些，明天早晨再斋戒。我们到了圣地后，你再忏悔，只要给主教几个钱就行了，你不要舍不得钱。"

这正中了狐狸的下怀。它马上扑到公鹅身上，狼吞虎咽地把公鹅吃了。

狐狸和鹤出发了。狐狸一直咳嗽，好像喉咙里哽住了什么东西。这个可恶的家伙肚子又饿得咕咕叫，真想一口吞掉鹤。狐狸咳了一下，把脚伸进嘴里，好像要用力把骨头拉出来。

"狐狸，你怎么啦？你又不舒服啦？"鹤问，"什么地方痛？"

"鹤，我的罪孽深重，于心不安，"狐狸答道，"我吃了公鹅，骨头哽在喉咙里了。兄弟，请你把大嘴伸进我的嘴里，把骨头拉出来吧！"

"好，我来拉。"鹤说。

鹤把嘴喙伸进狐狸喉咙，想拉出骨头。这时狐狸竟然用牙齿一咬，咬断了鹤的头，把鹤吃得一点也不剩。

智　取

（保加利亚）

一头老狮子一边向森林里的其他野兽走去，一边吹嘘说：

"地面上没有比我强的！"

这时，一头刚刚被猎人砍了一斧头的熊，一跛一跛地走过来，对狮子说：

"你不要吹牛了，比你强大的英雄有的是！"

狮子一听，暴跳如雷，呲着牙齿说："你说，谁比我强大？"

"人！"熊回答说。

"人在哪里？我想看看他，同他较量一番！"狮子咆哮说。

"你到田野上去，就能找到人。"

狮子很快走出森林，来到了田野上。它看见草地上一匹马在吃草，马的蹄子上了铁马掌。

"喂，吃草的，你是谁？"

"你不是看见了吗？我是马！"

"谁给你上铁马掌的？"

"是人。"

"人在哪里？"

"他到森林里砍柴去了。"

狮子回转身，向森林走去。它看见田野中间有两头牛，套着犁，站着休息。狮子以为牛就是人，所以走了过去。

"喂，背轭的，你们是谁？"

"我们是牛。"

"你们在干什么？"

"我们在耕地。现在在休息。"

"谁把轭放在你们身上的？"

"人。"

狮子想：这么看来，同人打交道可不是闹着玩的！于是，狮子又走了。它进了森林，走到森林中的空地，看到那里有一车木柴，大车前面站着两头庞大的黑牦牛。

"你们是谁？"狮子问。

"我们是黑牦牛。"

"你们等谁?"

"等人。他一来,把我们套上大车,我们就给他运木柴。"

"那么他自己干什么?"

"他往车上一坐,我们拉大车,他舒舒服服地乘车子,还要吹吹笛子。"

"人在哪里?"狮子问。

"在那边树后面挖坑,想叫野兽掉进去。"

狮子向人走去。这时,人已挖好了坑,用树叶、树枝盖上。狮子突然在人的背后叫了一声,人回转身,吓得直抖。他往四周张望,可一个人也没有。论力气,他对付不了这么大的怪物,只有动脑筋。

"你为何来找我?"人冲着狮子大叫道。

"我要同你较量。"狮子答。

"怎么较量?"

"搏斗,看谁胜过谁!"

"好吧。不过,我们先来比跳远,看看谁跳得远。"

"好。"狮子回答说,"你先跳!"

人用劲跳了一下,只跳到坑边,用石头作了记号,然后退到一边。

"现在轮到你跳了。"人说。

狮子也用劲一跳,比人跳得远一些,可是掉到深坑里去了。

公鸡和土耳其苏丹

(匈牙利)

从前有个穷女人,她有一只公鸡。有一天公鸡在垃圾堆里寻找食物,突然找到了一只金刚钻戒指。

这时候，一个土耳其苏丹恰巧走过。他看见公鸡找到一只金刚钻戒指，就说：

"把金刚钻戒指给我吧。"

公鸡气得羽毛直竖，说：

"不给！我的女主人要戴的。"

可是，土耳其苏丹用力抢走了金刚钻戒指，拿回宫里，放进了百宝箱。

公鸡气极了，跳到篱笆上，喊了起来：

"喔——喔——喔，土耳其苏丹，还我金刚钻戒指！"

为了不听到公鸡的叫喊，土耳其苏丹在王宫里闭门不出，吩咐侍从关上全部门窗。

公鸡又跳上窗台，用尖喙敲打玻璃，扑动翅膀喊道：

"喔——喔——喔，土耳其苏丹，还我金刚钻戒指！"

土耳其苏丹勃然大怒，对侍从说：

"来人哪，来人哪！把鸡抓起来，不准它喊，把它丢到井里去！"

侍从捉住了公鸡，投入井里。可是公鸡在井里又叫道：

"水啊，水啊，都流进我的肚子里去！"

于是井里的水都流进公鸡身体里：从鸡冠直到脚趾。

后来公鸡又跳上土耳其苏丹的窗台，高声叫道：

"喔——喔——喔！土耳其苏丹，还我金刚钻戒指！"

土耳其苏丹更加愤怒，命令侍从：

"快把公鸡捉来，扔到火炉里去！"

侍从捉住了公鸡，扔入熊熊烈火之中，但公鸡还是叫自己的：

"水啊，水啊！从我身体里流出来，浇在火上，把火灭掉！"

水一下子都流进火里，火熄灭了。公鸡好像没有事一样，又跳上窗台，这次喊得更响，声音更尖：

"喔——喔——喔！土耳其苏丹，还我金刚钻戒指！"

土耳其苏丹大发雷霆：

"去捉公鸡来，扔到蜂箱里去！让蜜蜂咬死它！"

侍从捉住了公鸡，扔入蜂箱里，但是公鸡照样还是叫：

"蜜蜂，蜜蜂，藏到我的羽毛里来，藏到我的翅膀里来！"

蜜蜂纷纷藏到公鸡的羽毛里、翅膀里，公鸡又跳上土耳其苏丹的窗台，喊：

"喔——喔——喔，土耳其苏丹，还我金刚钻戒指！"

土耳其苏丹对公鸡已是束手无策了，他对侍从说：

"去把公鸡捉来，把他塞在我的裤裆里。坐在它上面，把它压死，它就不会叫了。"

侍从捉住了公鸡。土耳其苏丹把公鸡塞在自己的裤裆里。

这时公鸡又叫了起来：

"羽毛，羽毛，翅膀，翅膀，把蜜蜂都放出来，让它们去叮土耳其苏丹！让它们去咬土耳其苏丹！"

蜜蜂都飞了出来，扑向土耳其苏丹。苏丹跳了起来：

"噢唷！让公鸡见鬼去吧！带它到百宝箱里去，让它自己找金刚钻戒指吧！"

公鸡进了百宝箱，在那里，它又说道：

"我的肚子，肚子，把苏丹掠夺来的金银财宝全部装进去！"

于是土耳其苏丹的三桶财宝都进了公鸡的肚子。

公鸡把财宝带回家，交给女主人，女主人把财宝都发给了穷人。

白麻雀

（比利时）

在某个森林的村庄后面，有一只善良的麻雀。它的羽毛是白色的，只有脚爪、眼睛和嘴是黑色的。传说，因为它的羽毛像雪一样白，所以别的麻雀就都不愿同它交朋友。

这样当然会很寂寞，白麻雀只好离群索居。白麻雀想同马交朋友，但马用尾巴赶它，说：

"滚开，你对我有什么用！"

白麻雀又想同猫交朋友，但猫妙呜妙呜地叫着，弓起背，吓得白麻雀逃走了。因为白麻雀知道，这种友谊不会有好处的！

有一天，白麻雀在路上看见一条老狗，狗的身上都是灰尘，样子十分伤心。白麻雀可怜它，就问："你到哪里去？"

"我到路带我去的地方去。"老狗回答说，"我为主人忠实服务了十年，现在我老了，主人就赶我走了！"

"你的主人是谁？"

"是啤酒商塔法洛，他是凯夫列绍人。"

"我认识！我认识既贪婪，又愚蠢的塔法洛！他的谷仓里堆满了麦子，谷仓顶上却有一个洞！你离开这个吝啬鬼，根本不必难过！你愿意同我交朋友吗？我们在一起生活会很愉快。"

"白麻雀，谢谢你的好意！"狗说，"你的心肠很好。"

这样，白麻雀和啤酒商塔法洛的老狗交上了朋友。

有一天，天气非常热，狗热得身体十分疲劳，就在路边倒了下来，很快就睡着了。白麻雀在狗的上面一边飞，一边叫：

"你别躺在那里！起来！到旁边去！"

但狗睡得十分香，它年纪大了，耳朵不灵了，没听见麻雀的叫声。

白麻雀心里想：好吧！你就睡一会儿，我来替你守卫。

于是白麻雀停在树上。从这里到凯夫列绍的路上的情况它看得一清二楚。

过了一会儿，白麻雀看见路上烟尘滚滚，仔细一看，原来是啤酒商塔法洛从凯夫列绍来了。他装运一桶酒到城里去卖。

白麻雀赶紧去叫醒自己的朋友。可是哪里叫得醒！可怜的老狗只是动动脚，什么也没听见。而塔法洛的车子却越来越近了。

这时白麻雀就向啤酒商飞去，对他说：

"喂，塔法洛先生！你的车子可要驾驶得小心些！在那边的路旁，我的老朋友睡着，你可不要碰到它！"

"你的朋友与我何关？"塔法洛很不高兴地答道，并叫马故意从老狗的脚爪上过去。老狗痛得尖叫了一声，就逃进了小树丛。而塔法洛却哈哈大笑，说：

"哈哈哈——哈哈哈！你活该如此！还不够厉害，要再厉害点！"

这时白麻雀发怒了，它的白色羽毛竖了起来，黑眼睛发着愤怒的光："塔法洛，你等一等！我决不饶你！你要对我的朋友负责！你要记住我的话！"

"你的话，关我什么事！"塔法洛挥了一下手，"你不要像喜鹊那样多嘴，否则我要把你抓起来，把你的尾巴吊在园子里！你滚开！"

啤酒商说完，挥了一下鞭子。白麻雀飞到树上，委屈得要哭出来。突然一只喜鹊飞过，它看见白麻雀，就问：

"你为什么哭丧着脸？"

"啤酒商欺侮了我的朋友，还威胁我说要把我捉起来，像对待喜鹊一样，把我的尾巴挂在菜园里。"

"他想把我的尾巴吊在菜园里？哼！我倒要给他点厉害看看！我们一起飞吧！快！快！"

于是白麻雀同喜鹊一起去追赶啤酒商的大车了。它们很快就追上了，喜鹊飞到啤酒商面前，摘去了他的帽子。塔法洛挥着鞭子去追喜鹊，一边追，一边喊："把帽子还给我，把帽子还给我！"

喜鹊在树上飞来飞去，对塔法洛说：

"你来吧，抓住我的尾巴吧！抓吧，抓吧！"

白麻雀乘啤酒商去追喜鹊时，打开了啤酒桶上的盖子，啤酒都流到了地上。

当塔法洛回到自己的大车边时，又是气，又是累，他再仔细一看：路上都是啤酒！白麻雀还骑在马背上，叽叽喳喳地说："啤酒商塔法洛，你要记住我的话！我这么做，是替朋友报仇！"

这时啤酒商气得两眼发黑，他用尽力气对白麻雀抽起了鞭子。但白麻雀一下子就飞走了，鞭子就打在马的身上。马挨了鞭子，就拉着大车飞也似地跑了，塔法洛从大车上滚了下来，啤酒桶滚到地上，里面剩余的一点啤酒全倒在路上。塔法洛弄得浑身是灰尘，白麻雀又在他头上一边飞，一边叫道：

"你还觉得不够，那就再多受一点折磨！啤酒商塔法洛，你要记住我的话！"

白麻雀说完，然后飞向自己的朋友那儿去了。老狗躲在小树丛里，正舔着脚爪。

"你在这里等我！"白麻雀对狗说道，"为了你，我同塔法洛的账还没算清呢！你等着，我去去就来。"于是它又气鼓鼓地一边叫一边飞到麻雀森林去了——各地的麻雀都在那里筑巢。

白麻雀叫道："麻雀们，都来吧！我找到了一个谷仓，里面装满了上等大麦！主人不在家，我请客！"

于是，成千上万只麻雀飞到空中，好像一片乌云向凯夫列绍飘去，在啤酒商的谷仓顶上降落。白麻雀给它们指出了屋顶上的洞，叫它尽管吃，它自己坐在门口等着。过了一小时，啤酒商才赶着大车，带着空桶回家，这时白麻雀上去迎接了他。

"啤酒商塔法洛，你过得好吗？啤酒卖得好吗？"

"你这白色的强盗，滚开！"

"啤酒商塔法洛，你用不着对我叫，你先去看看自己的谷仓吧！"

塔法洛赶到谷仓，打开门往里一看，惊呆了：大麦没有了！

这时，白麻雀坐在门口叽叽地叫着：

"你以后要老实点！要聪明点！啤酒商塔法洛，要记住我的话！"

白麻雀说完，就飞走了，跟着别的麻雀飞到了麻雀森林里。

"白麻雀是好样的！"灰麻雀叫道，"你虽然是白颜色的，但你是好鸟儿！为朋友报了仇，又喂饱了我们！"

白麻雀告别了朋友，回到了自己的朋友老狗那里。从此后，善良的老狗和白麻雀过着好日子。知道它们忠实友谊的人，都十分尊重这两位朋友。

机智的兔子

（芬兰）

一千年前，在某森林里，一头熊、一只猴子和一只兔子相互为邻。熊和猴子只要一碰到兔子就自我吹嘘。熊说：

"我是大野兽，力气大，一只脚就可以把你踩扁！"

猴子吹嘘说：

"我是最聪明的野兽。我能在树上跳来跳去，你兔子只能在小土墩上跳来跳去。我的尾巴能从早摇晃到晚，而你这个兔子，连尾巴也没有。"

有一次，熊和猴子又在兔子面前吹嘘自己。

这时，一只凶猛的狮子跑来了。这众兽之王饿极了，一看到熊、猴子和兔子，就想把它们都吃掉。狮子走到熊面前说：

"熊，你说说，我嘴里发出的是什么味道？"说完，就张开了口。

熊伸了伸鼻子说：

"主宰，你常常吃肉，所以你的嘴很臭。"

"啊，你这个无礼的家伙！"狮子咆哮了，"你竟敢诬蔑自己的主宰！为此，我要判你死刑！"

于是，狮子挥了一下有力的脚爪，打死了熊。然后，狮子走到猴子跟前。

猴子看了看熊的尸体，就吹捧说：

"主宰啊，你嘴里长着世界上最香的花！你的呼吸中发出的是多么香的香味！我的主宰，请你再往我身上吹口气吧！"

"你啊，是个说谎、拍马屁的家伙！"狮子咆哮着说，"你竟敢造自己主宰的谣！我嘴里哪里有花的香味！由于你说谎，我判你死刑！"

狮子一伸脚爪，把猴子也打死了。这时，狮子走到兔子面前说：

"现在你说说，我嘴里的味道好闻吗？"

兔子看了一下熊和猴子的尸体，打了三个喷嚏后，说：

"公正的主宰，息怒吧！今天我伤风，闻不出味道，请允许我明天回答你的问题。"兔子说完，又打了三个喷嚏。

狮子生气地说：

"好了，好了！你明天来吧！明天告诉我，我嘴里味道是否好闻！现在你滚开吧，不要妨碍我吃东西！"兔子听了，头也不回地逃走了，边走边说：

"只要公正的主宰不死，我的伤风是永远不会好的！"

聪明的小猪

（丹麦）

从前，有一头小猪，独自住在浓密的树林里。

有一年冬天，天气十分寒冷。一只大灰狼向小猪的家走来。狼走到门口说：

"猪弟弟，让我进来取取暖吧！"

"不！"小猪答道，"你是来吃我的！"

"我不会吃你的。"狼保证说，"放我进来吧！"

小猪仍然不同意。狼还是继续恳求：

"可爱的猪弟弟，如果你怕我，那么让我的一只前脚伸进去好吗?"狼终于说服了小猪，小猪就让狼的一只前脚伸进了自己的家门。自己马上将一桶水放在炉子上烧，并且还准备了一只口袋。

过了一会儿，狼又诉苦了，说它很难受，又说反正一只前脚进了房子，另一只前脚进来也没关系。狼请求说：

"让我的第二只前脚也进来吧！"

小猪把狼的第二只前脚也放进了自己的房门。这时狼又张口说：

"可爱的小猪！让我的一只后脚也进来吧！"

小猪把狼的一只后脚也放了进来。狼还是不甘心，又诉苦说：

"让我的第二只后脚也进来吧！否则的话，我在外面要冻僵了。"

小猪听了狼的诉苦，把狼的第二只后脚也放了进来。但是正在它让狼的最后一只脚进来时，它把一只口袋放到门上。狼跳进房门，正想吃小猪时，刚好掉进了口袋里。小猪马上缚住口袋，扔到雪地上，然后从炉子上拿了一桶开水，泼在狼身上，一边泼，一边说：

"开水烫狼毛！开水烫狼毛！"

不知怎么的，狼还是咬破了袋子，钻到外面，拼命逃回去了。狼身上的毛一块块地脱掉了，有的地方毛烫成一团团的，头上的毛全秃光了，一只秃头闪闪发光。狼拼命跑，只恨狼妈妈少生了两条腿。

狼跑得远远的，叫来了一群狼，又来到了小猪家门口，以为小猪一定对付不了它们一群狼。

这时，小猪手里拿着一桶开水，爬到树上。

　　狼来了。天色很暗，狼找小猪，找来找去找不到。有一只狼终于发现小猪在树顶上，它们就商量怎样使小猪从树上下来。一只狼说：

　　"让我们互相骑着爬上去。"

　　其余的狼问：

　　"谁在下面？"

　　另一只狼说：

　　"我们是来帮秃头的，它应该在下面。"

　　事情就这么定了。秃头狼在下面，别的狼都互相搭着背爬上去。只要再有一只狼，就可以捉住小猪了。这时，小猪大喝一声：

　　"开水烫秃头！"秃头听到就害怕，一发抖，往旁边一跃，逃走了。其余的狼都跌在地上。一只狼跌断前腿，另一只断了后腿，第三只断了头颈骨，第四只的腰断了。

　　狼们一无所获，小猪从容不迫地从树上跳下来，走进自己的房子里。

犀牛的皮是怎么来的

（英国）

　　在红海某王国靠近岸边的一个无人居住的岛上，曾经住过一个拜火教徒。他头上戴一顶帽子，帽子在太阳光下闪闪发亮，如同太阳一样。

　　拜火教徒的财产只有一顶帽子，一把刀子和一只炉子——你们可不能用手去碰这只炉子。

　　有一次，拜火教徒拿了一点葡萄干、面粉、水、李子、糖，把各种东西都拌在一起，做了一块非常非常大的、有魔力的馅饼。它有二十厘米长，三十厘米宽。拜火教徒把它放在炉子上（只有他可以走到炉子面前），就这样，他把饼烤得发红了。他发出一阵赞叹声。

正当拜火教徒张开口吃馅饼时，一头犀牛过来了。犀牛的鼻子上有一只角，它的眼睛像猪一样，走路的样子十分难看。

当时，犀牛身上的皮包得很紧，没有一点皱纹，十分像木头制成的玩具牛。它没有受过教育，从前没受过教育，将来也永远是不会受教育的。

犀牛叫道："乌——咕！"

于是，拜火教徒离开馅饼，向棕榈树奔去，他爬到了树顶上，那顶帽子像太阳一样发着光。

犀牛用鼻子碰翻了炉子，馅饼在砂地上滚着。犀牛用鼻子把馅饼钩起来吃了，吃完后，它到了没有人居住的荒岛上。邻近的岛屿是马桑捷伦岛、索柯特拉岛和大拉夫诺琴斯特维海角。

拜火教徒从树上爬下来，把炉子放在脚上，说了下面的咒语：

"如果你珍惜自己的皮，就不要把馅饼钩在角上，啊，这句话可不简单！"

过了五个星期，红海上的炎热天到了，每个动物都脱下了自己的衣服。拜火教徒脱下帽子，而犀牛脱下皮（当时犀牛的肚皮上有三粒纽扣，就像有弹性的斗篷一样披在肩上），去河里洗澡了。

犀牛遇到拜火教徒，一句也不提起那馅饼的事，犀牛翻身入水，从鼻孔里喷出水泡，而身上的皮留在岸上。

拜火教徒看见岸上放着的那张皮，狡猾地笑了。他围着犀牛皮跳了三次舞，高兴得直搓双手。

不一会儿，拜火教徒奔回自己家里，拿了满满一帽子馅饼屑（拜火教徒吃馅饼时，饼屑是从来不丢的），他走到河边，拿起犀牛皮揉啊，擦啊，揉了又擦，从上到下涂满了干的、硬的、刺人的馅饼屑和烧焦了的葡萄干。他干完后又爬到高高的棕榈树上，等候着犀牛从水里出来，把皮穿在身上。

犀牛确实是这样做了，它扣上三粒纽子。但那些馅饼屑使它难受，它想搔痒，但搔了后更难受，它"扑通"一声倒在地上，打起滚来。它滚啊，滚啊，越是滚，馅饼屑就越嵌到里面去，于是越来越难受了。

犀牛就又靠在棕榈树上擦身子，擦啊，擦啊，擦了好长时间，身上擦出了折痕——一条在肩上，另一条在肚子上（以前肚子上有纽扣，后来被它摘掉了），还有脚上也擦出了折痕来，浑身伤痕斑斑。但它还是没能摆脱馅饼屑带来的痛苦。它气得不得了，回家去了。

从此后，每头犀牛的皮上都有很粗的折痕，并且性格极其暴烈，这是由于它的皮下有馅饼屑的缘故。

拜火教徒从棕榈树上下来，把帽子拉到额上，帽子在太阳光下像太阳一样发光。他离开那个岛，到奥洛塔伏、阿米格达列，阿嫩塔利伏各地和索纳布塔的博耳顿去了。

为什么鲸的咽喉是这样的

（英国）

事情发生在很久以前，从前有条鲸，它在海上游来游去，靠吃鱼为生。它吃的鱼有鳊鱼、棘鲈、大白鱼、闪光鳇、鲱鱼，以及狡猾敏捷的泥鳅和鳗。它碰到什么鱼，就吃什么鱼。

这样一来，海里只剩下一条小鱼，就是那条小丝鱼了。这是一条很机灵的小鱼，它在鲸的右耳稍微往后一点，使鲸吃不到。它就是这样活下来的。有一次，鲸对它说：

"我想吃你!"

机灵的小丝鱼轻轻地对鲸说:

"你是否试试吃一个人?"

鲸问道:"他的味道怎么样?"

"十分鲜美。"小丝鱼说,"味道好,但是有点辣。"

"好吧,那么给我拿五个人来。"鲸说完,用尾巴拍打水面,顿时,整个海面起了泡沫。

"你吃一个就够了!"小丝鱼说,"你游到北纬五十度、西经四十度(这些话是魔语),你就会看见海中间有一只木排,木排上有一个水手,他的船沉到海底去了。他身上除了衣服,还有一把猎人用的刀。但我应该凭良心告诉你,这个人很灵活、聪明、勇敢。"

鲸听了,用足力气游去。游啊,游啊,游到那里,真的看见海当中有一只木排,木排上有一个水手,身上穿着粗布裤和吊裤带,腰上有一把猎人用的刀,其他什么东西也没有了。水手坐着,脚伸在水里。

鲸的嘴张得越来越大了,几乎一直张到尾巴。它游过去,一口吞下了水手和他的木排。

聪明勇敢的人到了鲸肚子里后,他马上翻跟斗,用脚踢,用嘴咬,用拳头打,用手掌拍,用脚顿,打得咚咚直响,还在这样不合适的地方跳起特烈帕克舞(俄罗斯顿足跳的舞),弄得鲸的身体十分难受。

鲸对小丝鱼说:

"人不配我的胃口,他叫我直打噎,怎么办?"

"那么你告诉他,叫他跳出来!"小丝鱼说。

鲸就对自己的嘴里喊道:

"喂,你出来吧!你可要安分点儿,你叫我直打噎!"

"不出来!"水手说,"我在这里很好!如果你把我送到我的故

感人泪下的动物故事

乡——英格兰的白岩石海岸边，我大概会考虑一下出来还是不出来。"

说完，他的脚顿得更厉害了。

"没办法，还是送他回家去吧。"小丝鱼对鲸说，"我不是对你说过，他是很聪明、勇敢的。"

鲸听了小鱼的话，就出发了。它游啊，游啊，最后终于来到了英格兰的白岩石海边。鲸游到岸边，嘴张得越来越大，对人说：

"可以出来了，可以上岸了！"

鲸刚说完，水手就从鲸嘴里跳了出来。这水手真的非常聪明和勇敢。他坐在鲸的肚子里没白白浪费时间：他用刀把木排切成细细的木片，十字交叉放好，用吊带扎牢，做成了栅栏，想用来撑住鲸的喉咙。这时，水手说了句有魔力的话。你没听见过这种话，我可以很高兴地告诉你，水手说：

"我放置了木栅栏，塞住了鲸的喉咙！"

他一边说着话，一边跳上了岸，跑到自己母亲那里去，就是允许他赤脚在水里搅的那个母亲。

从这天起，过了一世纪又一世纪，在鲸的喉咙里一直有木栅栏。由于有了这道栅栏，进入鲸的喉咙里的只有一些小鱼，所以现在鲸不吃人了，它们连小孩也吞不下。

神鸟加赫加

（英国）

从前有一个老渔夫。他每天清早就到河边去钓鱼，一直到晚上，才钓到一两条鱼。他把鱼拿到市场上卖掉，靠得来的钱同妻子一起维持生活。

有一天，他来到河边刚刚坐定，就不知从哪里飞来一只漂亮的大鸟，栖息在树上。

这不是普通的鸟，而是一只神鸟，名叫加赫加。加赫加直望着老渔夫，好像要为他做些什么。

老渔夫不去管它，自顾自钓鱼。好长时间他才钓到一条小鱼。这时神鸟加赫加对他说："嗳，老爹，你准备怎么处理这条鱼？"

"拿到市场上去卖，再给自己和老太婆随便买点什么。"

神鸟十分同情穷苦的老渔夫，说：

"我不希望你受苦，过那半饥半饱的生活。以后我每天晚上给你送条大鱼来。你卖掉一条大鱼可以得到好多钱，你们就再不会挨饿了。"

老渔夫心里欢喜，向神鸟道了谢，就回家去了。

半夜里，神鸟加赫加果真飞来了，送来了一条很大的鱼，丢在老渔夫的院子里。

第二天，老渔夫看见那条鱼，便把它拿到市场上去卖掉了。从那以后，神鸟加赫加每天夜里都会飞到老渔夫院子里，给他送来一条大鱼。

老渔夫原是个穷苦人，这一来他的钱多了，甚至置起了带花园的住房。

有一天，老渔夫像往常一样来到市场上做生意，突然听见国王的侍从官宣布说：

"谁给国王说出神鸟加赫加的地方，谁就可以得到半个王国。"

老渔夫想说他知道神鸟加赫加的地方。但是一想到正是这只神鸟才使他免于挨饿的，便又坐了下来。

"还是得到半个王国好。"他心里又想，于是又站了起来。他就这样站起来，坐下去，重复了三四次。结果被侍从官察觉了，把他抓到国王面前：

感人泪下的动物故事

"这光头知道神鸟加赫加在哪里。"

国王听了对老渔夫说："如果你知道神鸟加赫加，那么就告诉我，它在哪里。我眼睛看不见了，没有任何药可以恢复我的视力。据名医说，只有用神鸟加赫加的血擦一擦我的眼睛，才能恢复视力。你帮助我捉到这只鸟，我就给你半个王国。"

老渔夫终于被半个王国吸引住了，回答说："神鸟加赫加每天夜里都会飞到我的院子里，给我送来一条大鱼。"

国王听了很高兴，说："那么你去把它捉来。"

"不行。"老渔夫回答他，"神鸟加赫加身体很大，力气很大，我一个人对付不了。起码要有一百个人，才能把它抓住。"

"我派四百个人和你一起去。你和他们藏在神鸟加赫加栖息的那棵树的四周，怎么样？"

"也不行。"老渔夫说，"这样还是抓不住它的！还得用计谋对付它。我想在它飞到我家时，我准备好酒菜，骗它到地上来，这时你们来抓它。"

于是国王派出了四百个身强力壮的卫士。老头把他们带到神鸟加赫加栖息的那棵树下，藏匿在四周的树丛里，一动不动地等着神鸟的到来。

到了晚上，老渔夫把各种酒菜摆在地毯上。神鸟加赫加飞来了。

等它扔下大鱼，栖息在树上时，老渔夫说话了：

"敬爱的神鸟加赫加啊，你的帮助使我发了财，过上了好日子。可我还没有很好地款待过你。今天我特地准备下了酒菜，请你飞下来尝尝吧。"

老渔夫就这样诱骗神鸟加赫加，神鸟却真的飞下来了。不过神鸟也有点担心：如果这老头有什么阴谋，该怎么办呢？然而它马上又想：这个孱弱的老头又能做些什么呢？

神鸟加赫加这么想着，从树上飞到了老渔夫的身边。

老渔夫把菜放在它面前劝它吃，说道："亲爱的神鸟加赫加，你吃吧。我以无限的深情和爱为你准备了这些酒菜！"

但是神鸟加赫加刚要吃，这老渔夫猛然抓住了它的双脚，喊道："快来！快来！"

四百个国王的卫兵听见喊声，从树丛里窜出来朝神鸟猛扑过去。神鸟加赫加这时明白了一切，便舞动巨大的翅膀腾空而起。

老渔夫拼命抓住它的脚不放，叫道：

"我抓住了，我抓住了！"

然而神鸟加赫加力大无穷，早把老渔夫带起离开了地面。这时国王的一个卫兵看见了，便跑过去抓住老渔夫的双脚，想抱住神鸟。但是他和老渔夫一样也被带起来，离开了地面。

第二个卫兵看见自己的同伙被带离地面，连忙去抓住他的双脚。于是，第三个抓住第二个，第四个抓住第三个，第五个抓住第四个……

就这样老渔夫和四百个国王的卫兵一个抓住一个，吊在神鸟下面，升上了云层，像一串链子悬挂在空中。

神鸟越飞越高，老渔夫往下一看，连地面都看不见了。他吓得两眼一黑，把手一松，可怜下面那四百个国王的卫兵连同他一起摔在岩石上，跌得粉身碎骨……

一头小象

（英国）

象有一只大鼻子，那只是现在的事。在很久很久以前，象根本没有长鼻子。那时候，象的鼻子像饼一样，黑黑的，同一只鞋子差不多大小。这只鼻子伸来伸去，一点也没有用。

就在那时候，有一头小象，它的好奇心很强，无论看见什么总要问这问那。有一天，小象跑到它又高又瘦的阿姨——鸵鸟那里，问它："为什么鸵鸟尾上的毛长得这副样子？"又高又瘦的鸵鸟阿姨听了，也很不高兴地用非常硬的脚踢小象。

小象又去找长脚叔叔——长颈鹿，问它为什么它的身上有花斑，长颈鹿听了，也非常不高兴地用非常硬的蹄踢小象。

可这一切都没有影响小象的好奇心。

后来，它又问自己的胖阿姨河马，为什么它的眼睛这么红。不知怎么搞的，胖阿姨河马听了，用非常非常粗的蹄踢小象，但是这也没有影响小象的好奇心。

它又去问长毛叔叔狒狒，为什么瓜都是那么甜的。长毛叔叔听了，不耐烦地用自己的毛茸茸的脚爪踢小象。

但是这一切仍然没有影响小象的好奇心。它无论看见什么，听见什么，嗅到什么，就会马上问。可是，得到的都是自己叔叔阿姨们的拳打脚踢。

但是这一切都没有影响小象的好奇心。

有一天发生了这样的一件事：在一个阳光明媚的早晨，就是这头小象又问了一件事，这件事，别人可从来没敢问过。它问：

"鳄鱼吃什么？"

大家听了，都非常害怕，都发出"嗤——嗤——嗤"的声音。

接着，又是对它一阵拳打脚踢。

被打完后，小象马上跑到小鸟柯洛柯洛那里，小鸟正栖息在有刺的乌荆子里。小象说：

"我的父亲打我，母亲打我，阿姨们都打我，叔叔们也打我，都是因为我忍不住的好奇心而打我，但是我还是要弄明白，鳄鱼是吃什么的？"

柯洛柯洛说：

"你跑到河边去，那条河流得缓慢，发出臭味，混浊得水都变成绿颜色了。河岸上长满了树木，传说，这些树木会使大家生冷热病。"

第二天早晨，这头好问的小象摘了许多香蕉，还有十七颗绿油油的甜瓜，都背在肩上，它祝愿自己的亲人幸福后，就出发了。

"再见吧！"小象对它们说，"我到绿色的河边去，河边上长满能使大家生冷热病的一种树，我在那里无论如何要弄明白鳄鱼吃什么。"

在告别时，亲人们再一次狠狠地打了小象一顿。

小象离开了大家，它一边走，一边在路上吃甜瓜。它来到了河边，那里果然长着柯洛柯洛鸟所说的那种树。

它第一眼看到的是双色蟒蛇和露出牙齿的蛇。

"对不起，"小象非常恭敬地问，"你们在附近一带遇到过鳄鱼吗？"

露出牙齿的蛇和双色蟒蛇听了，表示出轻蔑的样子：

"真奇怪，找这种问题来问！"

"请原谅！"小象继续说，"你们是否能告诉我，鳄鱼吃什么？"这时双色蟒蛇、露出牙齿的蛇已经忍不住了，迅速转过身体，用巨大的尾巴打小象。

"真是奇事！"小象说，"难怪父亲打我，母亲打我，叔叔打我，阿姨打我，所有的人都打我，大概都是由于我强烈的好奇心引起的！"

于是，小象很有礼貌地同双色蟒蛇和露出牙齿的蛇告别后走了。没多久，它碰到一块木头，这木头横放庄河边，河的两岸是传染冷热病的树。

事实上这不是木头，这是鳄鱼。

"对不起！"小象十分恭敬地对鳄鱼说，"您在这附近遇到过鳄

感人泪下的动物故事

鱼吗?"

鳄鱼用一只眼睛看了一下,说:

"我的小娃娃,你过来!说实在的,你为什么问这个?"

"对不起,"小象非常有礼貌地说,"我父亲打我,母亲打我,瘦高鸵鸟阿姨打我,长脚长颈鹿叔叔打我,我的另一个阿姨,胖胖的河马打我,另一个叔叔毛茸茸的狒狒打我,双色蟒蛇和露着牙齿的蛇刚刚也狠狠地打过我,现在但愿您不要愤怒,我不愿意您再打我。"

"我的小乖乖,你走过来,"鳄鱼说,"因为我是鳄鱼。"于是鳄鱼流了眼泪,表明它真的是鳄鱼。

小象高兴极了,它透不过气来,跪了下来,喊道:

"我正需要您!我找了您很多天啦!请您快告诉我,您吃什么?"

"你走近一点,我靠在你耳朵边上讲。"

小象低下头,紧紧地凑近牙齿很多而犬牙特别长的鳄鱼口腔。于是鳄鱼一口咬住小象的小鼻子,而在这星期以前,在这天以前,在这小时以前,在这分钟以前,这小鼻子一点也不比鞋子长。

小象当然非常不喜欢这样,所以它瓮声瓮气地说:

"放开我,我痛死了!"

这时,双色蟒蛇、露牙蛇走到面前,说:

"我的小朋友,如果你不马上用尽力气后退,你就活不了了。"

小象开始往后退了。它退啊,退啊,它的鼻子就开始拉长了。后来,鳄鱼终于放开了小象的鼻子,而小象站着、坐着都感到非常痛。但它还是及时地向双色蟒蛇和露齿的蛇道了谢,然后用凉快的香蕉叶子裹住鼻子后,把鼻子放到河水里,想让鼻子稍许凉一点。

"你这是干什么?"双色蟒蛇、露出牙齿的蛇问。

"对不起,"小象说,"我的鼻子已变形了,我在等鼻子再变短一些。"

小象在河边坐了三天，它一直在等待着自己的鼻子变得短一点。可是鼻子不但没有变短，甚至，连它的眼睛也由于这只鼻子变得有点斜了。

在第三天将要结束时，飞来了一只苍蝇，咬了一下小象的肩。小象不由自主地举起鼻子，"呼"的一声，打死了苍蝇。

"这就是你的第一个好处！"双色蟒蛇、露齿的蛇说，"你自己想想看，你过去的鼻子做得到刚才的事吗？"

小象摇摇头。双色蟒蛇，露齿的蛇又问：

"你想吃点东西吗？"

小象听了，它把长鼻子伸向地面，摘了一束嫩草，放在前脚上，去掉脚上的灰尘，然后又马上送进嘴里。

"这是你的第二个好处！"双色蟒蛇、露齿的蛇说，"不信，你用过去针头那么大的鼻子试试看！顺便说说，你现在是否发现，太阳烤得太热了？"

"对，是太热了！"小象说。

它自己也不知道是怎么做成这件事的：它用长鼻子从河里吸来水洒在自己头上。顿时，它感到浑身凉快。

"这就是你的第三个好处！"双色蟒蛇、露齿的蛇说，"要不，你用过去针头那么大的鼻子试试看！顺便说说，你对挨别人拳打脚踢是怎么想的？"

"对不起，"小象说，"我不喜欢拳打脚踢。"

"那么打别的人呢？"双色蟒蛇，露齿的蛇说。

"打别人我可高兴！"小象说。

"你还不了解自己的鼻子！"双色蟒蛇、露齿的蛇说，"这是宝物，而不是鼻子，它可以打任何人！"

"谢谢您！"小象说，"我一定记住您的话。现在我该走了，我要到自己亲人那里去，检验一下我鼻子的用处。"

　　小象在非洲土地上走，它玩着，挥动着自己的长鼻子。它想吃水果，就直接用鼻子从树上摘下来，不用像从前一样等水果掉到地上。它要吃草，就站着用鼻子从地上取，不用像过去那样"扑通"一下跪在地上了。苍蝇们来惹它，它就从树上摘下树枝，像扇子一样挥动。太阳烤得热了，它就把长鼻子伸到河里去，于是在它头上就有一股又凉、又湿的泥。它独个儿在非洲的土地上走得寂寞了，就用长鼻子唱歌，它的长鼻子要比几百只铜喇叭还要响。小象在一个晴朗日子的晚上回到了自己的亲人那里。它把长鼻子卷成圆圈，说：

　　"你们好！你们怎么样？"

　　它们看见小象高兴得很，马上异口同声说：

　　"你过来，你过来！我们不能忍受你的好奇心，要打你一顿！"

　　"哼，你们敢！"

　　小象说着，伸开长鼻子，马上把它的两个兄弟头朝下地抛到空中。

　　小象的亲人高声说：

　　"你这是在哪里学会的？你的鼻子是怎么搞的？"

　　"我这个鼻子是河里的鳄鱼送给我的。"小象说。

　　"鼻子没一点样子！"长毛叔叔狒狒说。

　　"你说得对，"小象说，"但是它有用处！"

　　于是，小象抓住长毛叔叔狒狒毛茸茸的脚，摇了摇，把它扔进了胡蜂窝里。

　　小象就这样使起了性子，把家里所有的象都打了一顿。

　　后来，小象的全部亲属都到河边去找鳄鱼。它们认为鳄鱼也会给它们一个这样长的鼻子。

　　事情也果然是这样，它们回去后，所有的象，你看见过的和没看见过的象，都有了小象那样的长鼻子了。

小白鸭

（英国）

树林里长着一棵大榛树，枝丫上结满了榛果。

一只小白鸭躺在这棵大榛树底下，睡得正迷糊。忽然有一粒东西打到它的头上，小白鸭一下惊醒了。

它嘟囔着说："有人拿枪打我，我得禀报大王。"鸭小姐走出树林，就碰上了鸡太太。

"你上哪儿去呀？"鸡太太问。

"我要去禀报大王，一个坏家伙拿枪打我。"

"我比你跑得快。"鸡太太说，"我跑去禀报大王吧。"

母鸡撇下了小鸭，跑上了大路。

母鸡碰到了猫女士。

"出了什么事儿啦，太太？"猫女士问，"你跑得这么急干吗？"

"我要去禀报大王，一些坏人已经侵入了我们的国境，对着我们开枪了。"

"哎呀！那我比你跑得快，让我前去禀报大王吧。"猫女士说。

猫撇下鸡，朝前跑去。

一只狗躺在大路旁。它可不喜欢猫女士，看到猫从旁边蹿出，它突然起来拦住猫的去路。

"站住！"狗说。

"别拦我，坏事儿啦！"猫女士慌里慌张地说。

"什么事？"狗问。

"有百名贼兵侵入我们国境，向所有的人开枪了！"猫女士说。

"哎哟，这可糟了。"狗先生也慌起来，"我跑得比你快，让我前去禀报大王好了。"

狗撇下猫，朝前跑去。

马先生这时正在路边吃着青草，它看到狗急匆匆地跑，就问道："你跑得这么快，出了什么事啦？"

"一大队贼兵开进了我国，成千的兵士正在杀人。"狗气咻咻地说。

"这可糟透了，"马先生说，"这得尽快让大王知道。我比你跑得快，让我去禀报大王。"

马飞快地跑了，狗被撇在了后面。

狮王正在它那美丽的花园里酣睡，一阵马蹄声惊醒了它。它睁开眼，只见马先生站在面前。

"有什么事吗？"狮王问。

马先生跑得上气不接下气，一时竟说不出话来。

"先喝点水，再向我报告吧。"

马去饮了几口水，这才慢慢缓过气来。它跪地向大王行过了礼，然后说："大王，好几千贼兵打进了我们的国土。它们要杀尽我们所有的国民。"

"鸣钟集合！"狮王下了紧急命令。

钟声一响，狮王统率的所有兵将，什么象呀、狐呀、熊呀、狼呀等，都到国王的花园里来了，六只鸽子在队伍上空盘旋。

"前进！"大王命令。

所有兵将一下子冲出了花园。狮王身先士卒，马紧随其后，六只鸽子在它们上空飞翔。

"你们看到什么没有？"狮子问鸽子。

"有一只狗向我们跑来。"一只鸽子答道。

"你看到贼兵杀我们的公民了吗？"狮子问马道。

"没有，"马回答，"这是狗先生告诉我的。"

队伍与狗碰了头，就停下来。

"你过来，狗先生。"狮王说，"贼兵在哪里？"

"在那边。"狗用脚爪指了指说。

"你亲眼看见了吗？"狮王问。

"没有。"狗回答。

"继续前进！"大王喊道。

队伍又向前跑去。狮王、马、狗跑在最前面，后面跟着大象、熊、狐狸等，鸽子在空中飞巡。

"你们看到什么了吗？"大王问鸽子们。

"只有一只猫躺在路边上。"一只鸽子回答说。

"你看见那些贼兵杀我的公民了吗？"狮王问狗。

"啊，我没有看见。可这是真的，猫女士亲口告诉我的。"狗回答。

"你亲眼看见了吗？"大王又问猫。

"啊，我没亲眼看见，"猫女士说，"是鸡太太告诉我的。"

"耳听是虚。"大王命令道，"继续前进！"

又跑了一会儿，狮王问鸽子发现什么新情况。

"一只母鸡蹲在路边。"鸽子回答道。

队伍到母鸡身边停了下来。

"那些贼兵呢？"大王问。

"在那边。"鸡用爪子指了指。

"你看到有多少人呀？"大王又问。

"我没有亲眼看到。"鸡太太回答，"可是，这是白鸭姐亲口告诉我的，准错不了。"

"耳听是虚！"大王说，"立即前进！"

狮王又问鸽子："你们又看见什么了吗？"

鸽子说："只有一只小白鸭蹲在路边。"

队伍到小白鸭跟前停了下来。

"白鸭小姐，你过来！"大王说。

小白鸭到大王面前恭恭敬敬地磕了个响头。

"那些坏蛋在哪儿？"大王问。

"我什么也没有看见。"鸭小姐说。

"那么，有谁被杀害了呢？"

"也没有，不过，有人用枪打我的头了。"

"你受伤了吗？"

"嗯，确实有一粒东西打着我的头了。"

"你是个小傻瓜。"大王说，"过来，让我看看你的头。"

大王在小白鸭头上验了一阵伤，可是什么也没找着。

"究竟是怎么一回事？"大王问。

"我在树林里的一棵树下睡得正香，忽然一粒东西打着了我的头。"

"把那棵树指给我看。"大王命令。

小白鸭把队伍领到它睡过觉的那棵树下。大家便站在那里察看，这时，忽然有一颗榛果儿落到大王的头上，它抬头看了看树上的榛果："这是榛树，榛果正在吧嗒吧嗒往下掉呢。"

为了惩罚它们的愚蠢和添油加醋、夸大其词，狮大王命令：鸡踢鸭一脚，猫咬鸡一口，狗咬猫一口，马踢狗一脚。它们都一一照办了，最后，大王亲自咬了马一口，说：

"记住这个教训：'耳听是虚，眼见为实。'现在，队伍回去吧，立即上路！"

狮王前面走，后面跟着象、熊、狼、狐，鸽子还是在队伍上空飞翔。

鸡想去抓鸭，猫想去抓鸡，狗向猫冲过去，马向狗奔过来。但是，鸭子跳进了水里，鸡下不了水；鸡飞上树梢，猫逮不着它；猫爬上树枝，狗拿它没办法；狗钻进了矮树丛，马儿高大的个头进不去。于是马先生只好叹口气，顺着大路回去了。

百事通矮脚狗

（英国）

好多年以前的一个夏天，有一条苏格兰矮脚狗来到乡下做客。它刚走了不多远，就向所有遇到的胆小怕事的乡村小狗一个劲儿地解释，因为它们害怕一只陌生的背脊上长着白色条纹的动物。矮脚狗对它们解释说那是黄鼬。

"你这个胆小鬼，"矮脚狗来到一条乡村小狗家里，对这条小狗说，"我随时都可以让你完蛋，当然，我也要干掉那只白条纹的小动物。走，带我上它那里去。"

"难道你不想了解一点有关那只动物的情况吗？"乡村小狗问。

"什么情况，"矮脚狗回答说，"我并不像你那样，好奇心十足。"

乡村小狗带它来到树林里，把那只身上长着白条纹的动物指给它看。矮脚狗大胆而鲁莽地冲上去，同黄鼬厮打起来。一眨眼的工夫，这一切都过去了，因为矮脚狗四脚朝天地躺倒了，当它重新爬起来时，乡村小狗问道：

"你看怎么样？"

"它身上有硫酸盐，"矮脚狗说，"不过，它没有碰着我。"

过了几天，乡村小狗告诉矮脚狗，又出现了一只其他种类的动物，所有乡村小狗都很怕它。

"带我去看看，"矮脚狗叫道，"任何动物我都能制服，只要它

感人泪下的动物故事

没有马蹄铁。"

"难道你不想知道一点有关这只动物的情况吗?"乡村小狗问。

"我不感兴趣,"矮脚狗回答说,"它在什么地方,你尽管带我去看吧。"

乡村小狗带它来到树林里。它们在那儿等着,不一会儿那只小动物从树林的小路上走来了。

"哦,一个小丑,"当矮脚狗看见来的不是别人,而是一只豪猪时,就不屑一顾地说道,"丑角一个!"它像乔·路易,那个杰出的拳击师一样,摆好架势,一本正经地冲了上去。几乎是刚刚过了几秒钟,矮脚狗就又四脚朝天地倒在地上了。当它重新恢复知觉后,发现乡村小狗仍站在自己的身边,正在给它拔刺呢。

"觉得怎么样?"乡村小狗问道。

"它用刀子朝我猛刺过来,"矮脚狗说,"不过,我现在至少学会了你们乡下是怎么干仗的。今儿我得好好教训教训你。"

它用一只前爪捏着鼻子(以防硫酸盐),用另一只前爪捂着眼睛(以防刀刺),然后朝乡村小狗猛冲过去。这样,它既看不见别人,又闻不到别人的气味,结果被打得更惨,人们不得不把它抬回城里,送进了医院。

鳄鱼和扁角鹿

(印度尼西亚)

有一只爪哇扁角鹿,喜欢在紧靠大江的一个小山冈上休息和玩耍。山冈四周是一片低洼地。雨季一到,河水漫过低洼地,直涨到山冈附近。冈顶长满茂密的无花果,树枝几乎低垂到地面。落叶被风吹进河湾,地面像扫过一样干净。

这一天扁角鹿又卧在树下休息，懒洋洋地嚼着食物，竟不知不觉地睡了过去。这时，忽然下起倾盆大雨。河水猛涨，淹没了低洼地，漫上了山坡，流到小鹿睡觉的地方。扁角鹿一觉醒来，发现四周已全被水吞没。它非常害怕，不知如何是好。怎么办？低洼地里水深没顶，它不会爬树，跳也无处可跳了；游水，它不敢——害怕落入鳄鱼之口，只有盼着大水快些落下去。正当它惊恐不安的时候，水面上有一群鳄鱼向它游来。一条最大的鳄鱼游到扁角鹿跟前，咬牙切齿地对它说：

"喂，小鹿崽子，我们到底狭路相逢了。这一回看你往哪里逃！往前来，快一点！你还想逃脱吗？你不想躲到我的胃囊里去吗？今天你已注定逃脱不掉。我要处死你，用你的肉款待我的朋友们。我们要嚼碎你的最后一根脆骨。你那一套把戏我早就看不惯了。我想，你的肉一定又肥又嫩，说不定胜似灵丹妙药哩！"

小鹿心中暗想：今天看来难免一死。可是它并没有失掉信心，还要争取一条生路。它对大鳄鱼说：

"是谁向你泄露了我的秘密？你怎么知道了我的肉可以入药呢？你们这么多鳄鱼想吃掉我一头小鹿！这能解除饥饿吗？我太小，你们谁也填不饱肚皮。但是如果你们想把我的肉当药吃，那就是另外一回事了。你们可以一起来把我吃掉，只是你们鳄鱼的数目不能太少。"

"我们现在在这儿的就足足有八十条！"大鳄鱼说。

"八十条？太少了！这样吃掉我，你们会倒霉的。你们肯定会肚子疼，早上生病，晚上就非死不可。如果你们是一百五十条鳄鱼一起来吃我，那么我的肉会很好地发挥药效，你们所有的鳄鱼都会长生不死。"

"你在胡说八道！"

"不信吗？你们想想人们喝酒的情形吧！酒鬼没长寿，狂饮害处多，饮酒适度却能使人心神愉快。我的肉比酒厉害得多，吃多了死得更快。"

有一条鳄鱼喊道："临死前还胡说八道！我们现在就把你撕成碎块，然后吞掉。"

扁角鹿立刻走到这条鳄鱼身旁：

"请吧，把我撕成碎块吧！对我来说，是被一条鳄鱼吃掉，还是被许多鳄鱼吃掉，反正都一样，没有什么区别！请便吧！如果八十条鳄鱼吃我，这八十条全会死掉。世界上的野兽会因此拍手叫好，它们从此将可以任意在河岸上寻食，再不会有鳄鱼妨碍它们了。我悔不该说破这一切，但是话已说出，不应反悔。真的，我干吗要多嘴呢？为什么要告诉你们这个秘密呢？"

最大的鳄鱼说："我相信你讲的全是实情。好吧，我现在派五十条鳄鱼再去找七十条鳄鱼来。这样就会有一百五十条了。我留下三十条看守着你。一会儿大家在这里会合。"

五十条鳄鱼分头去找同类。有的上了岸，有的潜入水中，很快便都回来了，又召来了七十条鳄鱼。不多不少整整一百五十条。低洼塘里挤满了鳄鱼，一个个都张着大嘴，等着分吃鹿肉。

"扁角鹿，你还有什么话说吗？我们全到齐了。"大鳄鱼说。

"如果你们确是一百五十条，不多不少，那就可以吃我了。但是，我要问：你们数的数准确吗？"

"我刚刚数过一遍，正好一百五十条。"

"如果正好，那算你们走运；如果不足一百五十条，你们还是要倒霉的。"

"为了不出错，请你再数一遍！"小鹿说，"我是相信你们的，如果数字准确，就请把我撕成碎片吧！"

最大的鳄鱼忙说："不，先不必着急，我真怕数字不准确，还是请你再查查数为好！"

扁角鹿说："如果你们实在不放心，我可以亲自查一遍，但是你们必须排好队，队列要整齐，一个挨一个排成一行。从低洼地向河对岸排好。这样我才能看得清楚，不致出差错。"

"好的，你不用费心，我现在就下命令，按你的吩咐去办！"为首的大鳄鱼说。按照命令，鳄鱼规规矩矩地排成一行，头、背、尾巴全都露在水面上。大鳄鱼说："你快查数吧，当心，别搞错！"

扁角鹿说："请允许我踏一踏你的这些朋友们的脊背，它们不要以为我失礼才好。"

"没有关系，这也是为了大家好嘛！"

小鹿一面在鳄鱼脊背上跳，一面数着："一、二、三……一百……一百四十九！"它最后一跃，跳上河岸，跑得无影无踪了。

小老鼠和大象

（土耳其）

很久很久以前，世上有一只小老鼠，它有一面镜子。那可不是面普通的镜子，而是一面奇怪的哈哈镜。不论谁照，都显得仪表非凡，而且能放大许多倍。这只小老鼠经常在这面奇特的镜子前自我欣赏，总觉得自己很了不起，举世无双、形象高大、气力无穷。它瞧不起同类，不愿和别的鼠玩耍，甚至不同它们开口说话。

它总是坐在一个角落里，装腔作势，搔首弄姿，或者理着小胡子，或者用爪子在地上拍打几下，然后再把耳朵贴到地面上听一听地球是不是在抖动。

这小家伙根本没有想过世界上能有谁比它更强大有力。这是一只多么自负的小老鼠啊！

小老鼠有一个饱经世故的姑妈，有一天姑妈告诫它说：

"好侄子，你可要注意，现在大家都说你过于骄傲，自以为是兽类中的佼佼者。当心点，大象是不喜欢你说大话的。"

"大象？大象是个什么东西！让它马上过来，我要叫它粉身碎骨！"

姑妈见多识广，听了小鼠的话，觉得很可笑，便说：

"大象是世界上最大的动物。还没有听说过有什么兽类不怕它呢！"

小老鼠很不服气，大声叫嚷道："大象比我还强大？这绝不可能！"说完它出发去寻找大象，想同大象比个高低，较量一番。

在一块林间空地上，它遇见了一条绿色的蜥蜴。

"你是大象吗？"老鼠问。

"不，我是蜥蜴。你找大象做什么？"

"那算你走运。如果你是大象，我非把你碎尸万段不可。"

看见小老鼠这样狂妄自大，蜥蜴禁不住哈哈大笑起来。这可惹恼了小老鼠。为了表示自己力大无穷，它就把小爪子往地上顿了顿……说也凑巧，偏偏这时候打了一个响雷，蜥蜴吓了一跳，慌忙溜到石缝里藏了起来。它还以为这是小老鼠发出的一声巨响。"真是力大无穷啊！"小老鼠自鸣得意，大摇大摆地走开了。

它往前走了不远，又遇到了一只甲虫。

"喂，你大概是大象吧？"小老鼠问。

一提起大象，甲虫显得很胆怯，连忙摇头否认说：

"不，不！我可不是大象。我是甲虫。"

"那就算你福星高照。不然的话，我非把你踩成烂泥不可。"

甲虫听了小老鼠的自吹自擂，只是冷笑了一声。这时候老鼠又把爪子高高举起，使劲往地上一拍，但是这一次却没有听到雷鸣般的声响。它又使劲地顿了顿足，仍然连一点轻微的响声也没听到。小老鼠想："可能是土地太潮湿，发不出声音来。"

小老鼠又跑向别的地方。刚走不远，它就看到树下有个怪模怪样的家伙，一副愁眉苦脸的样子，伏在地上不动。它想："这可能就是大象，它看见了我，知道自己马上就要倒霉，所以才愁眉不展。"

小老鼠轻蔑地问了一声：

"快说实话！你是不是大象？"

那个动物笑着回答说：

"我不是大象，我是狗——是世界主宰者的忠实朋友。"

"谁是世界的主宰？"

"当然是人。"

"原来如此。算你幸运，如果你是大象，免不了要遭殃。只是我要你记住：世界的唯一主宰者是我，而不是人！你最好收回自己方才讲过的话。"

狗想嘲弄一下这位吹牛大王，于是说道："你说的对极了，伟大的动物！连人也要为你效劳——他们种出来的粮食由你来糟蹋掉的。"狗说完便走开了。

小老鼠继续往前走，来到了密林深处。它看到了一个动物像小山一样高大，腿像树干一样粗，似乎是前后两头都长了尾巴——前面的略长，后面的稍短。

"你是大象吗？"目空一切的小老鼠倾尽全身的力气高声喝问。

大象往四面张望了一下，什么也没有看见。只是当小老鼠跳到一块大石头上的时候，象才发现了它。

"是的，我是大象。"

"你胆敢嘲笑我，无视我的存在，而且你还吓了我一跳！"小老鼠用小爪子拍打着石头，大声尖叫着，但是这一次仍然没有发出雷鸣般的巨响。

小老鼠的愤怒在大象那里并没有引起任何反响。大象泰然自若，无动于衷。它不慌不忙地吸满了一鼻子水，把水喷向狂妄的小老鼠。

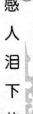

一股巨大的水柱把小老鼠从石头上冲了下来。小家伙灌满了一肚子水，几乎呛死。

小老鼠终于清醒过来，勉强地爬出水洼。它完全没有料到和大象的决斗竟会这样收场。

最后，它一跛一拐地回到了家。

珍珠鸡和鳄鱼

（马达加斯加）

一条谚语是这样说的：物以类聚。但是，在动物们还能说话、这条谚语还没有出现的时候，事情并不是这样的。

以前，珍珠鸡和鳄鱼是很好的朋友，它们经常在河边见面，喜欢在一块儿洗澡，并各自讲述对方不知道的事情。

珍珠鸡给鳄鱼谈森林里清凉的小河水，奇异的花草和动物；给它描述高大挺直快碰上太阳的粗壮的树和织成帷幕般的不可穿过的葛藤；还讲述味道浓而不香、颜色和形状像一只蜜蜂或像一只多毛的、红色的、背后有一个金色十字的蜘蛛一样的箩果。

鳄鱼好像更愿意听它的朋友谈论一些动物，比如狐猴这种漂亮的动物，有着丝绒一样的皮毛，卷成环形的长长的尾巴，成群结队地欢跳在树权之间，跳跃之高，谁看了都头晕目眩，而且，哪怕有一点小声，它们就会在一秒钟内逃得无影无踪；再比如刺猬，它们生活在树洞里；还有那肥大的野猫，以及其他动物……

轮到鳄鱼时，它滔滔不绝地叙述发生在水底下的事情，发生在它们的很深的窝里的事情。它的窝，进口常常是藏在树根下或河边的陡坎下面。它向珍珠鸡介绍，进了窝还要走几米越来越高的通道，才能到达它的大而圆的卧室。

"那是为什么呢？"珍珠鸡好奇地问。

"最亲爱的朋友，"鳄鱼解释说，"这是为了不让水把我的洞全部灌满了。这样，我就可以长时间地在里边待着而不至于缺少空气，因为我喜欢躲避人们去思考事情。"

其实，鳄鱼修筑洞并不是为了思考事情，而是为了储藏它捕获的动物。这些动物在它吞吃之前，要在洞里放很长时间，任其腐烂。而在冬天，当食物很少的时候，它就待在洞里睡觉，有时，也来到太阳底下晒一晒，伸伸腰再睡，这时，只有一个办法可以填充它的饥肠，那就是吞几块石头。

"你独自一个，有时不腻烦吗？"

"我经常接待乌龟的来访，因为它有着和我一样的兴趣和对生存的同样的理解方式，所以，我们相处得很好。有时，它和它的全家一块儿来和我一起住上几天，由于我的洞不大，而且我又不肯让它们待在门口那儿，因此我就把我的背当床让乌龟睡觉。你看，我的心肠多好啊！怎么样，哪天到我家去看看，好吗？"

珍珠鸡很想钻进水里了解这一切特殊的事情。但是，它除了好奇之外，仍保持着较高的警惕，它对鳄鱼还是很提防的。尽管此时鳄鱼很友好，然而，珍珠鸡发现它的目光是向着自己斜视的，所以珍珠鸡未做任何决定。

一天，鳄鱼把它的为数众多的孩子叫在一起，对它们说：

"地上的动物我差不多都吃过了，就是珍珠鸡的肉还没有尝过，我很想尝一尝。为此，我想了个办法：我马上待在水面上，就像死了一样，你们都到岸上去集合，把你们的所有眼泪都倾注出来，然后，你们去叫珍珠鸡。我们两个是好朋友，它一定会来的。"

小鳄鱼们听从了它的话，聚集在岸上哭天抢地号啕起来……它们哭啊，哭啊……直到珍珠鸡闻讯赶来。

"哎，我们可爱的爸爸死了，我们上来告诉你，并按它临终时的

感人泪下的动物故事

遗嘱，邀请你参加它的葬礼。今天晚上，我们把它拖到岸边，以便你和我们一块儿痛哭一场。它是突然地死去的，要不，按着习惯，它本来应该到水外面来咽气的。"

在这个时候，鳄鱼像一段木头似的挺在水里，任凭水流漂动。

珍珠鸡是细心的，它很快就发现小鳄鱼们的悲伤有些虚假。可是，它不动声色，答应晚上和孩子们一块来。就在小鳄鱼们跑回去向它们的父亲汇报的时候，珍珠鸡也回到自己的孩子们身边，它告诫孩子们：

"我的孩子们，听我说，我们马上就去参加'我的朋友'——大鳄鱼的葬礼。可是，我们要提防！它很可能是想吃掉我们，就在它一动不动地漂在水面的时候，我看到它的小眼睛一闪一闪的。它请我去，是个圈套。你们跟着我，由我自己去靠近它，你们就不要上前了。听到我的命令时，你们就唱歌。"

珍珠鸡一家，排着队向河边出发了。

鳄鱼家的孩子们早已来到岸上。小鳄鱼们在它们的父亲的"遗体"周围排好。

小珍珠鸡们远远和小鳄鱼们互相问好。

珍珠鸡对小鳄鱼们说："我的小朋友们，我的可怜的小朋友们，你们葬礼的仪式是不是早做了准备了？"

小鳄鱼回答："还没有，善良的珍珠鸡。我们太小了，还不知道应该怎么办，我们希望您来安排。"

珍珠鸡向它的孩子们说：

"为了使我们的老朋友死后荣耀光彩，孩子们，你们唱歌吧，由我前去看看，这是件大事，可得按规矩办理。"

小珍珠鸡们唱起了哀歌：

"噢，鳄鱼！

我们在哭你，

我们的悲伤大无比。

你是不是真死了呢？

要是你真死了，

为使我们相信不疑，

为使我们能够颂扬你，

你就动一动你的脚吧。

要说的事情还很多，

因为，你享有很高的荣誉。"

鳄鱼忘乎所以，便动了动脚。小珍珠鸡们张大了嘴巴，继续唱道："光荣属于著名的大鳄鱼。"

珍珠鸡补充道：

"你已经动了动脚，但是，我们还不相信，因此，你要开合三次你的大嘴才行。"

鳄鱼开合了三次它的大嘴，小珍珠鸡们又唱起来："光荣属于著名的大鳄鱼。"

珍珠鸡说："我们开始相信你是死了，嗨，可是，因为你是死了，那你就睁一下眼睛吧。"

愚蠢的鳄鱼睁开了它丑陋的小眼睛，它看了看珍珠鸡，心里暗暗地说："头脑呆傻简单的珍珠鸡！等你办完了这种愚蠢的仪式，我就要马上吃掉你们！"

珍珠鸡继续说：

"鳄鱼，请你转过身去，在这之后，我们就不会怀疑你的死了。"

鳄鱼转过了身子。

珍珠鸡和孩子们这时趁机飞了起来，一边叫着，一边嘲笑着鳄鱼。

鳄鱼气坏了，终于明白自己受了捉弄。

珍珠鸡回到家里，又谆谆告诫它的孩子们："千万不要再喝这条河里的水，千万不要再到这条河里去洗澡。如果你们渴厉害了，你们只能去喝露水。"

猫头顶上的花纹是怎么来的

（马达加斯加）

母猫因为没有孩子，感到很难过。一天，它去找好朋友母黄鼠狼诉苦。

"你为什么不搬到我这儿来住呢？"母黄鼠狼说，"我有很多孩子，你可以帮我一块儿抚养它们。你分担了我的家务，同时也分享了我的欢乐。"

母猫一口答应，马上就把家搬了过来。

从此，母猫和母黄鼠狼就成了一家人。因为它们要吃许多老鼠，便分了一下工：母黄鼠狼负责出去打猎，母猫负责在家看孩子。这样，屋里屋外，样样事情都安排得井井有条。

一天早晨，母黄鼠狼又要出去打猎了。临出发以前，它特意嘱咐母猫说："我对最小的孩子老放心不下，因为它比哥哥姐姐们都瘦弱，你要特别关心它。"

母猫满口应承，可等母黄鼠狼一走，母猫就凶相毕露了。它对母黄鼠狼早就很眼红，几天来，一直在挖空心思寻找偷走小黄鼠狼的机会。它觉得今天下手正合适，于是，它把别的小黄鼠狼送进学校以后，便叼起最小的一个，悄悄溜了出去。

母黄鼠狼打猎回来，发觉最小的孩子和母猫都不见了，先是吃了一惊，接着便担起心来。它仔细地在屋里到处找，一边找一边问家具。先问锅子，锅子回答不知道；又问罐子，罐子回答没看见；再问春米臼，春米臼回答搞不清。

这是为什么呢？原来母猫威胁过它们，它们都不敢说。

后来，缝衣服的针见母黄鼠狼急得坐立不安，怪可怜的，便说话了："我知道怎么回事，是你的好朋友母猫把孩子叼走了。你呀，难道就没有发觉母猫对你那么眼红吗？这种缺德事，它迟早会干的……"

母黄鼠狼马上跑到母猫家里，母猫不在。母黄鼠狼估计母猫可能到猫国王格劳·萨卡那儿去了，便奔到了王宫里。在一棵罗望子树下，有一个很大的舞场，那儿也是国王接见老百姓的地方。这时，跳舞场上聚集着许许多多的猫，正在一边拍手一边唱歌。母黄鼠狼围着场子转了一圈，并没有看到它的所谓好朋友。

这怎么办呢？黄鼠狼转起了脑筋。它记得母猫是特别喜欢跳舞的，正好它自己也有一副好嗓子，于是，它便开始唱起伴舞歌来。它猜想母猫肯定藏在什么地方了，伴舞的歌声说不定能把这个坏良心的家伙引出来。

果然，母猫因为做了亏心事，本来藏着的，可一听到母黄鼠狼优美的歌声，再也克制不住了，就跑进场子跳起舞来。

一开始母黄鼠狼没动声色，等母猫跳了一会儿，有些累了，估计跑不动了，这才猛扑过去，狠狠地打了母猫一记耳光。

母猫一看到母黄鼠狼，羞得扭头就跑，一口气跑回家里，好长时间没敢出来。这样，小黄鼠狼又回到了母黄鼠狼的身边。

从这以后，猫和黄鼠狼就再也不是朋友了。现在，你们看，猫头顶上两个耳朵的中间，都有花纹，那就是母黄鼠狼打出来的手指印。

蜥蜴打败了豹子

（斯里兰卡）

从前，森林里有一只豹子。一天晚上，豹子像往常一样出外打食。它到处寻找小鹿、小猪甚至一只小兔子，但不论是大是小，一样也没有找到。它饿极了。

最后，它碰上了一只蜥蜴。

豹子说："蜥蜴，今天晚上，我要拿你当晚餐了。"

蜥蜴说："先生，我太小了，不够你一口的，就让我走吧。"

豹子说："不，我不能让你走。我饿极了，一口也比没有好。"

蜥蜴说："我不像你那样，有锋利的牙齿和锐利的爪子。你强我弱，强者不应该吃弱者。这不公道，佛法不允许这样。"

豹子不耐烦地说："弱者总是把佛法搬出来，强者只知道一条法律'强权就是公理'。我有强权，所以我吃你就合乎公理。"

蜥蜴说："好吧，死倒没什么，不过只要我有一口气，我就要战斗到底。"

豹子一听，不禁哈哈大笑。它大声吼道："我只和跟我差不多的对手打仗。"

"好吧，"蜥蜴说，"给我三个月，我就可以成为你的对手了。"

豹子同意了，它们决定在三个月之后，在同一时间、同一地点决斗。

蜥蜴开始为战斗作准备。它每天来到稻田，在田里打滚，然后把脸和手洗干净，坐下晒太阳，直到身上的泥全都晒干。三个月以来，它每天都这样做。它的身体变得越来越大，越来越胖，竟变成了一只大蜥蜴。

三个月之后，豹子和蜥蜴又在同一时间、同一地点相会了。战斗开始了。豹子一次又一次地跳上去，用爪子抓蜥蜴。但每抓一次，只抓下一块泥，没能损伤蜥蜴一根毫毛。

蜥蜴跳上豹子的背，在它的耳朵、眼睛、鼻子和前额上乱咬，在它身上乱咬。鲜血从豹子的耳朵、眼睛、鼻子和前额往下淌，从全身各处往下淌。但蜥蜴还在继续不停地咬。豹子浑身是伤，痛得再也受不住了。它大叫一声，拼命地逃跑了。

打了败仗的、可怜的豹子坐在一棵大树的底下。它看了看，又用爪子摸了摸，发现右肩上破了一块。它呻吟道："蜥蜴咬了我这儿。"它看了看，又用爪子摸了摸，发现左肩也破了一块。它呻吟道："这儿也给它咬了。"它用爪子摸了摸耳朵、眼睛、鼻子、前额和后背，到处都是伤。它不断地呻吟："它咬了我这儿，这儿，和这儿。啊，浑身都给它咬伤了！"

豹子不知道树上坐着一个樵夫。他看见了它们战斗，听见豹子呻吟，看见豹子的伤口。他真想大笑一场，这实在太可笑了——一只巨大的豹子被一只小小的蜥蜴咬得浑身是伤，坐在树下呜呜地哭！他终于控制不住自己，禁不住哈哈大笑起来。

豹子朝上一看，看见树上坐着一个樵夫。他一直在那儿看吗？豹子生气了，因为它不愿意让人看见它吃败仗。它一边朝树上爬，一边吼道："闭上你那臭嘴，否则我马上就把你吃掉。"

"啊，先生，原谅我，饶我一命吧！"樵夫恳求说。

"你知道我的秘密，所以你就得去见阎王。"豹子吼道。

"我向森林的神仙发誓，我一定保守秘密。"樵夫说。

豹子说："这还不够。你得发誓，决不能让你妻子知道这个秘密，也决不能让你的孩子们知道这个秘密。"樵夫发了誓，但豹子还不满意。"邻居们呢？"它说，"说不定你会告诉他们的。"

"我向菩萨发誓，我决不把这个秘密告诉村子里任何人。"樵夫说。于是豹子让樵夫回村去了。

豹子躺在窝里舔伤口。它仍然不大放心，因为它想："那些两条腿的动物是靠不住的。我想这个混蛋樵夫一定会把秘密告诉他妻子。女人知道一个秘密，它就不成为秘密了。今天晚上，我就得去查明樵夫有没有撒谎。"豹子连忙跑到樵夫的后院，在墙下蹲着，注意偷听屋子里的声音。

这时，樵夫和妻子、孩子正坐在席子上吃饭，晚饭有大米和蔬菜。樵夫突然哈哈大笑起来。

"爸爸，您笑什么？"孩子们问道。

"嘘！这是一个秘密。"父亲说。

"爸爸，告诉我们吧，也让我们笑笑。"女儿要求说。

"不行！不行！我不能告诉任何人，我对菩萨发过誓。"父亲回答。

他们继续吃晚饭，樵夫忽然又笑了起来。

樵夫的妻子说："孩子们，你们的爸爸一定是疯了。看，他笑得把米都呛进气管里去了！"她用力拍他的背，同时把一杯水送到他嘴边。

吃过晚饭，孩子们回到他们自己的席子上睡觉，很快就睡着了。

樵夫躺在藤床上，他妻子躺在屋角的席子上。他们两个人谁都睡不着。他一闭上眼睛就想笑；她呢，她不知道他的秘密就睡不着。过了一会儿，樵夫又发出"哈！哈！哈！"的笑声。

女人在席子上坐了起来。"你笑什么呀？现在可以把你的秘密告诉我了吧？"她说，"孩子们都睡着了，没有人会听见我们说的话了。"

男人回答："我发过誓，决不把秘密告诉任何人，连你也不能告诉。"

女人不停地恳求，男人终于屈服了。他告诉妻子，他看见豹子和蜥蜴大战一场，蜥蜴怎样把豹子打得落花流水。然后，他又说："豹子来到我的树下，躺在那里不停地哭着说，'蜥蜴咬我这儿！咬我这儿！它咬得我浑身是伤'。"

"哈！哈！哈！"夫妻俩一块儿大笑起来。

豹子一直蹲在墙下听着。它听见樵夫发疯似的哈哈大笑，现在又听到女人在那儿大笑。这可把它气坏了。等到他们睡着之后，它跳上屋顶。掀开一些稻草，爬进了顶棚，从那里跳进厨房，把后门打开。然后它爬到藤床下面，连人带床背在背上，悄悄地从后门往外走。

来到森林，樵夫才醒过来，他觉得床在移动。月亮已经升起，他通过藤床的破洞，看到豹子背上的斑点。他知道豹子准要吃他，心中吓得半死。正在这个时候，他看见头上横着根树枝，他飞快地捉住它，把自己吊在树上。

豹子不知道樵夫已经上了树，还在继续朝前走。它来到山洞旁，把床放下来。"这混蛋的樵夫跑到哪儿去了？"它骂骂咧咧地跑回去找。在月光下，它看见樵夫坐在树上。豹子二话没有，伸开爪子就往上爬。

樵夫这时已经完全清醒了。他大声喊道："豹子先生，如果你还想活，就不要再往上爬了。我头上有一只蜥蜴，它正在等着咬你呢！"

豹子听到蜥蜴两个字，从树上一跃而下，拼了命地朝前跑。樵夫回到家以后，还在不停地哈哈大笑。

樵夫从此没有再看见豹子，别人也没有看见。他们说，它越过重山，跑到远方一片森林里避羞去了，那里既没有蜥蜴，也没有樵夫。

感人泪下的动物故事

萤火虫和猴子

（菲律宾）

菲律宾岛几乎没有黄昏，白天一过，夜色就笼罩了一切。这时，在柠檬和蕨草中间，一闪一闪地亮起点点萤火。

有天晚上，一只萤火虫准备去访问自己的朋友。它在柠檬树丛上空飞着，亮起自己的明灯照路。

一只蹲在高树上的猴子发现了这只萤火虫。它拦住萤火虫，笑嘻嘻地问道：

"请你告诉我，你干吗走一下点亮一下你的银灯？"

"灯帮助我避开蚊子。"萤火虫和蔼地回答说。

"原来如此，"猴子粗声大气地说，"那就是说，你怕它们！你原来是个胆小鬼！"

"不，我不是胆小鬼，也并不是怕蚊子。"萤火虫说，"我只不过是走我自己的路，而避免干扰别人，让蚊子一心干它自己的事。"

猴子又得意地笑着说：

"不！你就是个胆小鬼！是的！是的！你就是个胆小鬼！"猴子固执地说，"你怕蚊子怕得要命，不然，你不会点灯飞行的。"

萤火虫再不理会猴子，亮起明灯远远地飞走了。

但是猴子却不善罢甘休。第二天，它跑去告诉自己的猴伴们。

"萤火虫——胆小鬼！"它说。

"胆小鬼！胆小鬼！"猴子们齐声地附和着，对小萤火虫取笑嘲弄。

萤火虫决定要教训猴子。

萤火虫飞到猴子身边。猴子正在睡觉,萤火虫亮起灯直照着猴子的鼻尖。猴子一下子醒了过来。

"为什么你到处造谣,说我是胆小鬼?"萤火虫问,"明天早上,我们当着所有兽类和鸟类的面较量较量,看胆小鬼到底是你还是我。"

"哈哈哈!"

猴子放肆地大笑着:

"你还准备跟我干上一架吗?"

"行呀!"萤火虫坚定地回答说。

"好吧!很好!"猴子大声叫起来,"我们就干上一架!我一定来!不过你要知道,我来可就不止一个啰。我把所有的猴子都叫来,整整十个!你要记住:它们个个都像我一样力大劲足,精壮灵敏!你带一百只萤火虫来也斗不过我们。"

它们就这样讲定了。

早晨来临了,太阳明亮地照在林间空地上。

猴子叫上自己的伙伴,并嘱咐每人都带上一根结实的棍子,然后来到了柠檬树丛中间。

那一只萤火虫冷静地等待着战斗的开始。

猴子们个个雄赳赳地叫嚣着,跺着脚,并且翻起筋斗来,根本不把小小的萤火虫放在眼里。

猴子一发现那只萤火虫,马上就站成一排,那只萤火虫出其不意地飞到为首的猴子面前,蹲在它的鼻梁上。

说时迟,那时快,旁边的其他猴子都挥舞着棍子用尽平生之力,向这只小萤火虫猛击过去。

可是萤火虫此时早已飞开去了,致命的一棍落在猴王的鼻梁上。猴王疼得惨叫一声,摔倒在地。

萤火虫此时又飞到第二只猴子的鼻梁上,第二只猴子接着又翻倒在地。

萤火虫继续从一只猴子的鼻梁飞到另一只的鼻梁上。每只猴子都用自己的棍子对准萤火虫蹲着的鼻梁打去。很快所有猴子都伤的伤，累的累，全都横七竖八地翻倒在地上了。而这只聪明而又勇敢的萤火虫，这时作为一个胜利者撤出了战斗。

"谁现在还说萤火虫是胆小鬼，怕蚊子呢?"旁边的观众都大声说。

猴子感到无地自容，无话可说了。

为什么鳄鱼不死在水里

（非洲）

在水族的王国里，鳄鱼是湖里面的恐怖暴君，是河里面鱼类的大灾星。当它饥饿的时候，它就从睡觉的地方冲出来，抓住鱼，一口就吞下去，吃个精光。幸而它出来时，水里面往往发生旋涡、浪头和一种不常见的摆动。一得到这种警报，大大小小的鱼就急忙逃命游开了。但是，尽管这样，鳄鱼总还能搞到一个牺牲品来当点心。

一天，在一次鱼类的集会上，一条小刺鱼提议说，它要向鳄鱼挑战，以便对它长期杀害鱼类的行为报复一下。尽管这样一来，它自己准会送掉性命，可是它也觉得无所谓。所有的鱼都非常惊异，认为它是没多大作为的。不过它们还是让它去试一试，因为它是一条以勇敢出名的小鱼。

第二天，鳄鱼又出来找寻通常的点心。这时所有的鱼都逃开了，只有那条小刺鱼笔直地停在鳄鱼的前面，只是保持着一段距离。小刺鱼的尾巴和鱼鳍用力摆动着，竖起三根尖刺准备应战。当鳄鱼冲过来的时候，它看见其他所有的鱼都没命地逃开了，只有这条小鱼没有动一动。这条小鱼只是在鳄鱼所激起的可怕的波浪里面猛烈地颤动着。

为了找寻一些值得吃的鱼，鳄鱼径直往前游了过去，并且叫这个小家伙赶忙让开。可是，想不到这条小鱼竟向它发出了挑战。鳄鱼想，这个挑战不仅可笑，而且是对它的侮辱，任何大鱼都还没有做过这种事呢。但是鳄鱼为了表示对任何挑战，不管多么小的挑战，都来者不拒，它就向这条小鱼进攻了。它想把小鱼很快地结果掉，然后再去吃它的正餐。

那条挑战的小鱼收缩起它的刺，给鳄鱼一口吞了下去。小鱼一落到鳄鱼柔软的喉咙里，就用力把它的三根刺竖立起来，牢牢地刺在鳄鱼的软喉咙上。

它哽在鳄鱼喉咙里面，鳄鱼尽力想把这顿小点心吞下去，但是没有用。接着它便恐慌了："我不是把更大的鱼都一口吞下去，没有哽住吗？这可要把我哽死啦。难道我真的要哽死了吗？这样的话，鱼类将多么高兴了啊！要是我死在水里面的话，那它们就将吃我的肉，围着我的尸体跳舞啦！不！我死也要死在陆地上！"于是它游走了。

小鱼一直哽在它的喉咙里，鳄鱼已经快要死了，但是它先回到了家里，把它的遭遇告诉了它的孩子们，最后警告它们说："我的好孩子们，无论做什么事情，不论吃什么东西，你们一定要小心地避开那种小刺鱼。"然后它游到岸边，挣扎着爬到岸边的干地上，就在那儿死掉了。

这就是鳄鱼从来不死在水里的原因。

羚羊和豹子打官司

（扎伊尔）

羚羊的生日到了，它请了几个乡亲来家里做客。因为高兴，羚羊多喝了几杯，喝得醉醺醺的，无意之中讲出了这么一句话："你们知道吗，豹子是我的奴隶。"

客人们一听，都感到奇怪，异口同声地问："是真的吗？"

"那当然了。"羚羊肯定地回答。

不知是谁的嘴快，把这件事告诉了豹子。豹子一听，火冒三丈，大声吼道："胡说八道！论个子，我比羚羊大；讲本领，我比羚羊强。羚羊凭什么做我的主人！"

于是，豹子找到几个法官，请它们来裁定。

这时，羚羊的酒已经醒了，它后悔醉后失言，惹出了麻烦。但事已至此，后悔也没有用，只好动脑筋打赢这场官司了。

"你凭什么说豹子是你的奴隶？"法官们问。

羚羊不慌不忙地回答："请问诸位先生，在我们这儿，谁吃动物内脏呢？是主人还是奴隶？"

"是奴隶。"法官们回答。

"那么，"羚羊又问，"我和豹子谁经常吃动物内脏？"

"是豹子。"

"这样，谁是奴隶不是不言而喻了吗？"

法官们点点头，宣布裁定结果：豹子是羚羊的奴隶。

可是豹子不服，说法官裁定得不公平，但一时又找不到有力的话来驳斥羚羊。正好，这时天已经黑了，法官们宣布休庭，明天再审。

第二天一早，法官们和豹子都到了。但左等右等，始终不见羚羊的影子。法官们叫豹子去看看是怎么回事。

豹子来到羚羊家里，见羚羊躺在床上直哼哼。

"怎么啦？快走吧！就等你了。"

"哎哟，我的腿摔坏了，不能走路了。"

"那我背你去吧。"

于是，豹子背着羚羊来到了法庭上。

一看到法官，羚羊"噔"的一声从豹子背上跳下，问道："诸位法官先生，我问一个问题，你们说是主人背奴隶走路呢，还是奴隶背主人走路？"

"当然是奴隶背主人走路了。"

"那么你们看，刚才是豹子背着我来的。难道它还不是我的奴隶吗？"

"对！对！"

当法官们再次宣布"豹子的确是羚羊的奴隶"的裁定结果时，豹子心里的火直往上涌，它顾不得有法官在场，大吼一声，就向羚羊扑去。但是羚羊早有准备，还没等豹子扑过来就一溜烟跑了。

从此，豹子一见到羚羊就要追，羚羊一见到豹子就要逃。

兔子医生

（刚果）

兔子和土狼住得相距不远。土狼依仗着自己力气大，经常欺负兔子，兔子早想报仇，但一直没找到机会。

一天，兔子从森林里采了一罐子蜂蜜回家，正巧遇上了土狼。

"喂，小兔子！你那罐子里装的什么？"土狼不怀好意地问。

"蜜。"

一听是蜜，土狼馋得口水直流。但它知道兔子很聪明，不好对付，所以又问了一遍："真的是蜜？"

"谁还骗你呀？"

"是你自己采的还是偷来的？"

"当然是我自己采的啦！"

"好！好！"土狼眉开眼笑地紧跟在兔子后面，它想：等兔子把蜜拿回家再抢过来也不迟。想着想着，得意地边走边跳起舞来。

它们来到一个三岔路口，碰到了国王狮子。狮子因摔伤正躺在那儿休息。

土狼怕狮子怪罪它，赶忙跑上去行了一个礼说："尊敬的国王陛下，不知您贵体欠佳，我刚才跳舞了，请原谅我的不恭之罪！"

"哼！讲得倒轻巧！"狮子不高兴地说，"你是见我受伤幸灾乐祸吧，当心我以后教训你！"

"不！不！"土狼立即争辩，"我跳舞是因为……是因为……"

"因为什么？快说！"

这时土狼眼珠一转，想出了一个鬼点子。它把嘴贴近狮子的耳朵小声说："尊敬的国王，我刚才跳舞是因为遇到了兔子。我听说兔子会看病，而且医术也相当高明。陛下，您应该马上叫它来，我保证它可以药到病除。"

"是真的吗？"

"陛下，在您面前，我是从来也不敢撒谎的。"

土狼的算盘打得可真妙！它这样讲，一来可以避免狮子加罪于它，二来可以让狮子缠住兔子，自己可以趁机将蜜偷走。

狮子果然相信了土狼的话，迫不及待地喊："兔子，快过来！听说你会治病，赶快给我看看！"

"没有的事！陛下，谁说我会看病？"

"土狼。"

兔子一听，知道又是土狼在捣鬼。心想：俗话说"伴君如伴虎"，给国王看病可不是闹着玩的，万一出了差错，轻者坐牢，重者是要送命的。但看来国王已经真的相信它是医生了，想推辞已不可能了，只好硬着头皮碰运气。不过，决不能让土狼得到便宜。于是，它想了个"借刀杀人"之计说：

"陛下，我的确不是什么医生。不过我爷爷会看病，我向它学过一点，特别是治疗摔伤，还有点经验。"

"那就赶快给我看看吧！需要什么你尽管讲！"

"首先要蜜，我这儿刚好采了一罐，可以全部敬献给陛下；另外，要土狼的皮做膏药布。"

"好办！要多少？"

"你哪儿最疼？"

"屁股上。"

"好！先剥土狼屁股上的皮。"

土狼一听，吓得浑身冒汗，但又不能逃跑，只好忍着疼让狮子在屁股上撕下一块皮来。

兔子在狮子的屁股上抹了一些蜜，然后贴上土狼屁股上的皮，又问狮子：

"还哪儿疼？"

"背上好像也疼丝丝的。"

"那么再要一块土狼背上的皮。"

狮子又毫不客气地在土狼背上撕下一大块皮来。

兔子又在狮子背上抹了一些蜜，然后贴上从土狼背上撕下的皮，问："还有什么地方疼吗？"

"肚子上好像也不舒服。"

"那就再要一块土狼肚子上的皮。"

当狮子把土狼肚子上的皮撕下一块时，土狼疼得实在忍受不住了。它苦苦哀求兔子道："老弟！饶了我吧！再撕下去我就没命了。"

"你以后还敢随便欺负人吗？"

"再也不敢了。"

"好吧！今天饶了你！"兔子在狮子肚子上又抹了一些蜜，然后贴上从土狼肚子上撕下的皮，说："陛下，叫土狼走吧！它需要去休息了。"

土狼一瘸一拐地走了，这只贪心不足的家伙，不仅没吃到蜜，还差点儿把命丢掉。

从此，土狼再也不敢欺负兔子了。

大象的考验

（刚果）

大象做了森林里的国王。为了考验一下它的臣民是否忠诚，它和谋士猴子商量了一条计策。

一天，大象牵着一头黄牛走这家串那家，边走边大声喊："谁能保证在我死后给我挖一个坟坑，我就把这头黄牛赏赐给谁。"

大家议论纷纷："给大象挖坟坑，可不是一件轻而易举的事。"

"还不知道它死在哪里呢，如果死在山上，这坑可怎么挖呀？"

"是啊！别说给一头黄牛，就是给十头我也不干。"

这样，大象喊了半天，也没有一个敢出面应承。但大象还是一个劲地喊，搞得大家都不得安宁。最后，聪明的兔子说："我来试试吧！"于是，大象把黄牛给了兔子。兔子把黄牛牵回家宰了，让全家痛痛快快地吃了一顿。

第二天，大象躺在一块很大很大的石板上，假装死了，叫猴子去通知兔子。

"咱们的大王死了，赶快去给它挖坟坑吧！"

"在哪儿挖啊？"

"大王是死在一块大石板上的，坟坑当然要在石板上挖喽！"

兔子感到奇怪："昨天大王还好好的呢，怎么今天说死就死了？这不可能！肯定是它在耍什么花招。"它让猴子先走了，又对自己的几个孩子说："在石板上给大象挖坟坑是很难做到的。我已经想好了对策。等我走了以后，你们听到三声镐刨石板的声音，就马上乱喊乱叫，同时把哨子吹起来。喊声要越凄惨越好，哨音要越响亮越好。不然的话，咱们全家都要遭殃的。"

兔子来到大象躺着的石板上，用镐刨了起来："嘭！嘭！嘭！"第三声刚停，就听到家里的喊叫声和哨子声响成了一片。

"你们家里大概发生了什么事，快回去看看吧！"猴子奇怪地说。

兔子回到家里，夸奖了孩子们一番，嘱咐它们等一会儿再这样来一次，又出去了。

"怎么回事？"猴子问。

"别提了！"兔子假装惊慌地说："孩子们看到了妖怪，头上戴着红帽子，脚上穿着红鞋子，身上披着红衣服。它们都吓得尖叫起来。我回去安慰了它们几句。"

猴子听了，心里也有些害怕。

兔子又用镐刨了起来："嘭！嘭！嘭！"第三声刚停，家里又传出了喊叫声和哨子声。

"大概你家里又出了什么事了，快回去看看吧！"猴子胆战心惊地说。

兔子回到家里，又夸奖了孩子们几句，然后给它们一个个戴上用木棉树果壳做的帽子，穿上用椰子壳做的鞋，披上用乳油木树皮做的衣服，让它们偷偷地趴在大象躺着的石板旁边。

"这一次是怎么回事？"猴子又问。

"咳！真倒霉！"兔子回答，"孩子们又看到妖怪了，还是红帽子，红鞋子，红衣服，真怕人！孩子们都吓坏了，如果不是为大王挖坟坑，我真舍不得把它们丢在家里不管呢！"

猴子一听，心里更紧张了。

兔子又开始挖坟坑了："嘭！嘭！嘭！……"但刨了没几下，就叫饿了，要回家吃饭。猴子无论如何也不同意，说它一次又一次地回家，干活的速度太慢了。

"可我饿着肚子，哪有力气干活呀！要不，你给我摘几个乳油木果子来吃吧！"

"这样也好，少耽搁时间。"

猴子敏捷地爬上了石板旁的一棵乳油木树。刚想摘果子，就看到了不远处有几个影子在动。这几个影子戴着红帽子，穿着红鞋子，披着红衣服。这不就是兔子说的妖怪吗？猴子顿时魂都吓没了，不管三七二十一，从树上"噌"地跳下来，撒腿就跑，一边跑一边喊："不好了！妖怪！有妖怪！"

大象本来是装死的，刚才听兔子说妖怪，还不大相信哩，这时听猴子一喊也忍不住了，把眼睛微微睁开，果然看到几顶红帽子在不远处闪动。它也害怕了，一骨碌爬起来，就赶快往森林里跑。

兔子见自己的计谋成功了，心里很高兴，但它还是假装紧张地跟在大象后面跑，一面跑一边说："大王啊大王！我是诚心诚意地给你挖坟坑的，可出了妖怪，您又活了，您说坟坑还要挖吗？"

从此，大象再也不提考验的事了。

换 汤

（刚果）

兔子和山羊都住在草原上，它们是莫逆之交。

一天，兔子到山羊家去玩，一进门便愣住了：院子里只有几根骨头，好朋友山羊不见了；看院子里那乱七八糟的样子，好像这里已经发生了不幸的事。

兔子正在纳闷，看到树上有只螳螂，便客气地问道："请问螳螂先生，您知道我朋友山羊家里发生了什么事吗？"

"咳！别提了！都怪你的朋友山羊太老实了。不过，老鹰这家伙也真心狠手辣。"接着，螳螂便叙述了事情的经过：

昨天，老鹰路过这儿，山羊热情地邀请它到家中作客。老鹰已经好几天没吃到东西了，一见山羊，馋得口水直淌。但它知道，在山羊家里来硬的不行，搞不好要吃亏的，于是想出了一条毒计。它对山羊说："你的心眼太好了，真是相见恨晚哪！你以后有何难处，尽管找我好了。即使为朋友两肋插刀，我眼睛也不会眨一眨！"

"别那么说！无论是哪个过路的，我都同样真诚相待。"山羊不好意思地回答。

停了一会儿，老鹰又说："你独自一个在家里太寂寞了。我们那儿常玩一种游戏，叫'换汤'，可有趣了，不仅可以消愁解闷，还能止渴解乏。"

"那太好了！怎么个玩法，你快告诉我吧！"

"方法很简单：你把锅支好，里边盛满水，下边点着火，我先跳到锅里，你把锅盖盖上，什么时候我说'我煮熟了，我煮熟了'，你就把锅盖打开，放我出来，咱们一块儿喝我的汤；等一会儿你再跳到锅里，我把锅盖盖上，什么时候你说'我煮熟了，我煮熟了'，我就把锅盖打开，放你出来，咱们再一块儿喝你的汤。"

"这倒挺好玩的，好吧！咱们就玩玩看。"老实的山羊一点儿也不知道，它已经进了老鹰的圈套了。

锅子准备好了，水也添上了，木柴也点着了。老鹰跳进锅里，让山羊把锅盖盖上。不一会儿，老鹰说："我煮熟了，我煮熟了。"山羊赶快把锅盖打开，放老鹰出来。两个新相识一块儿喝汤。

"怎么样？汤鲜不鲜？"老鹰问。

"唔！不错。"山羊回答。

"朋友，现在看你的了！我想你的汤肯定要比我的好喝。"

山羊跳进了锅里，老鹰一盖上锅盖，就拼命往灶膛里又添柴火又扇风。山羊在锅里热极了，喊道："我煮熟了，我煮熟了！"

老鹰不但不打开锅盖，反而一屁股坐在锅盖上，摇头晃脑地唱起歌：

"傻山羊啊傻山羊，

你上了我的当。

我要吃你的肉，

不想喝你的汤。"

老鹰一连唱了好几遍，等山羊不再叫了，这才打开锅盖，把已经煮熟的山羊捞出来撕碎吞了下去。

听完了螳螂的叙述，兔子问："这是真的吗？"

"没有半点儿假话，是我亲眼看见的。"

兔子听了气得两眼直冒火星，咬着牙发誓说："这个伤天害理的老鹰！你等着，我一定要替山羊报仇！"

过了几天，兔子正想出去打猎，看见老鹰从门口经过，它便学着山羊的样子，热情地上前打招呼说："啊！远方来的贵客！请到寒舍休息片刻！"

老鹰看到兔子，口水又馋得直流，它想起了吃山羊的办法，于是回答道："好！好！打扰了。"

走进兔子屋里，还没有坐下，老鹰又假惺惺地说："哎呀！你独自一人在家里，可够孤单的。为了报答你的热情招待，我教给你一种叫'换汤'的游戏，好玩极了。以后不论和谁，都可以玩！"

"怎么个玩法呢？"

老鹰就把对山羊讲过的话又重复了一遍。

"太好了！谢谢你！"

锅支好了，水也添足了，柴也点着了。老鹰又先跳了进去，兔子把锅盖盖上了。不一会儿，老鹰就喊道：

"我煮熟了，我煮熟了！"

"好！我去把锅盖……盖紧！"兔子边说边搬起一块石头压在锅盖上，唱起了歌：

"坏老鹰呀坏老鹰，

你害了我朋友的命。

我要叫你抵偿，

把你煮成肉羹。"

老鹰在锅里一听，急了，拼命地用头顶锅盖，但是白费力气。锅里的水越烧越烫，不一会儿，就把老鹰烫死了。

兔子为山羊朋友报了仇，又美美地吃了一顿老鹰肉。

狮子搬家

（刚果）

狮子霸占了整片森林，它随心所欲，作威作福，搅得森林里的其他动物日夜不宁，寝食不安。于是，大家决定请附近村里的兔子来帮忙。

"聪明的兔子，你能帮我们把狮子赶出森林吗？"

兔子连犹豫也没犹豫，就一口答应了。

一天，兔子打听到狮子出远门去了，便来到狮子家，对它的几头小狮子说："你们好，亲爱的弟弟妹妹们！我是你们的大哥，听说你们没人照料，我来看看。"

小狮子们七嘴八舌地嚷道："我们从来没听说还有个哥哥呀！""你是兔子，我们是狮子，你怎么会是我们的大哥呢？""你别骗我们，你是大哥，怎么个子比我们还小呀？"

"没错，我就是你们的大哥，因为你们现在年龄小，许多道理还不太懂，长大以后你们就明白了。"

小狮子们相信了兔子的话，热情地招待了兔子，端出可口的饭菜，并要求它住下来。这正中了兔子下怀。

晚上，兔子等小狮子们都睡着了，悄悄地把老狮子留下的食物一点不剩地搬出去，分给别的动物吃，然后自己回家了。

几天后老狮子回来了。它见孩子们一个个面黄肌瘦，问是怎么回事，小狮子们说："你走了不久，就来了个兔子，它说是我们的大哥。谁知当天晚上，它就把食物全偷走了，我们一直饿到现在。"

"什么大哥！你们根本就没有哥哥嘛！"

"可兔子一定说它是我们的大哥。"

"你们怎么能相信兔子的话呢？"

"开始我们也不相信，可兔子说，我们年龄小不懂事，长大了就明白了。"

听到这里，狮子火冒三丈，咬牙切齿地说："你们等着，我马上去给你们报仇！"说完，狮子一口气跑到兔子门口，大声吼道："该死的兔子！快滚出来！你竟敢欺骗我的孩子，我决不会轻饶你的！"

兔子从门缝往外一看，狮子张着血盆大口，气势汹汹地站在那儿，它想，从大门是无法跑出去的了，必须另想办法才行。于是，它对狮子和颜悦色地说："啊！尊敬的狮子先生，别发火嘛！您怎么能听一面之词呢？让我出去跟您解释一下吧！讲得无理，您怎么处置都行。您等着，我先把我随身带的东西丢出去，然后我就开门。"

"随你的便吧！反正你今天别想活了。"

"我先把投枪丢出去。"兔子说着，从窗口丢出去一支投枪。

狮子捡起来，一下子扔得老远。

"我再把我的挎包丢出去！"说着，兔子又从窗口丢出了一个挎包。

狮子捡起来，又一下子扔出去老远。

"我还得把我的拖鞋丢出去！"说着，兔子从窗口丢出了一只拖鞋。

狮子捡起来，还是一下子扔出去老远。

兔子只丢出去一只拖鞋，狮子以为兔子肯定还会把另一只拖鞋丢出来的，便一直在那儿等着。可等呀，等呀，等了半天，还不见动静，它估计兔子又在耍什么花招了，便拼命撞门。门撞开了，但狮子进去一看，兔子早已无影无踪了。原来兔子把第一只拖鞋扔出去以后，就悄悄地从后门溜出去跑了。

狮子恼羞成怒，大吼一声，拔腿就追。可已经晚了，追了好半天，白淌了一身汗，连根兔子毛也没看到。

狮子垂头丧气地回到家里。它怕兔子再来捣蛋，便带着小狮子搬到别处去了。

从此，森林里的动物们又过上了安宁的生活。

狐狸和老虎

（越南）

狐狸为了追兔子，一下子掉进了陷阱里，尽管它跳呀扒呀，扒呀跳呀，四爪都磨出了血，嘴脸也擦伤了，可还是跳不出来。狐狸吓得惨叫起来。

这时，恰巧一只老虎在附近散步。它走近深坑，问道：

"狐狸，你爬下去干吗？为什么叫得这么惨呀？"

狐狸回答道：

"难道你不知道天马上就要塌下来，地上的一切就要完蛋了？"

"压根儿没听说过呀！"惊慌的老虎承认说。

"我就是为了避灾才躲进深坑里来的。"

"喂，你快腾出一块地方来！"老虎心急地说，"我也来避难！"

说着，老虎一下子就跳下陷阱，来到狐狸身旁。狐狸问它：

"告诉我，国王，你今天没有伤害过谁吗？"

"没有呀，"老虎回答说，"还没有来得及呢。"

"这太好了！"

"为什么？"老虎惊讶地问。

狐狸拍着手掌，感叹了一声：

"啊！看我的记性多坏！我忘了告诉你，今天你要是伤害了谁，那么就是躲进了深坑，也不能得救的！让我来试试吧。"

狐狸说完后，就咬起老虎的尾巴来。

老虎缩紧尾巴，恼怒地盯了狐狸一眼。可狐狸装作没看见，更加放肆地咬起老虎的耳朵来。

"我要把你撕成碎片！"森林的国王怒不可遏地狂吼道。

"要是你伤害了我，或是对我动动你的爪子，天就会压在你头上！"狐狸说完又咬起老虎的耳朵来。

于是老虎只好把狐狸叼起来，抛出了深坑，说：

"既然如此，那就让天把你压成肉酱吧！"

狐狸跑到草地上，高兴地把老虎落进深坑的事告诉了正在放牛的牧人。牧牛人二话没说，马上走到深坑边，开枪打死了老虎。

比目鱼

《格林童话》

从前，在鱼儿们的王国里，大家正在选举国王，因为它们觉得自己的国家实在是太乱了，大家只知道关心自己，从不过问别人的事儿。路上也很乱，有的在右边游，有的却在左边游，有的还一会儿左一会儿右地游来游去，弄得街上经常出现打架、吵架的事件。还有些呢，觉得自己个子大，非得从别的排得非常整齐的一群鱼儿的中间穿过去，它的心里才舒服；有时候还停在路中间挡道，不让人过。有些弱小的鱼还得受那些身体强壮的鱼的欺负，如果不快快地逃开，就会被大鱼的尾巴打得鼻青脸肿，浑身是伤。所以，大家都想有一个为它们主持公道和正义的国王。

"应该选游得最快的鱼做我们的国王。"一条比目鱼说，因为它觉得自己是游得最快的。

"要选愿意帮助弱小者的鱼做我们的国王。"另一条身上有花纹，很有爱心的鱼儿又补充了一句。

大家一致决定按这样的要求来挑选国王。于是，所有的鱼儿都在河边排好队，以梭子鱼的尾巴为比赛的信号，大家一看到信号就出发。

比赛开始了，游在前面的是梭子鱼、鲈鱼、鲱鱼和鲤鱼，其他的鱼儿也紧紧地跟在它们的后面向前冲。比目鱼也在其中努力地游着，希望能抢先到达目的地。

忽然，有鱼儿叫了起来："鲱鱼游到最前面去了！鲱鱼游到最前面去了！"

"谁？谁游在第一？"扁扁的比目鱼正在东张西望，想看看是谁游到了最前面。

"鲱鱼，是鲱鱼！"旁边的鱼儿告诉它。

扁扁的比目鱼妒忌地大叫起来："难道就是那条光秃秃的鲱鱼游到了最前面？"同时用力地将嘴歪到了一边，做出十分不屑的样子。

扁扁的比目鱼为它那张刻薄的嘴付出了巨大的代价：因为从此以后，它的嘴再也回不到原来的位置了。

老鼠 鸟 香肠

《格林童话》

从前，有一只老鼠、一只小鸟和一根香肠结成了好朋友，它们在一起不但生活得很开心，而且家里渐渐地富有了起来，再也不用为过冬而发愁了。它们根据各自的特长，做了详细的分工，小鸟每天负责飞到树林里捡柴；老鼠的任务是烧火、担水以及端饭菜上桌；而香肠则专管煮饭、调味。

它们对这样的分工都很满意，而且这样做已经成了一种习惯。

有一天，小鸟在树林里捡柴，遇见了另一只鸟，它们就在一起聊起天来。小鸟得意地向它吹嘘自己的幸福生活："老鼠和香肠都是不错的朋友，我每天回家就有可口的饭菜吃。"

"你真是个大傻瓜，"那只鸟撇撇嘴说，"你每天到林子里捡柴，来回地飞，多辛苦啊。可是老鼠，它做了什么，只不过到院子里担水，把火生燃，就可以躺在床上休息，直到叫它端饭上桌；而香肠呢，就更轻松了，它只需待在锅边，不让饭煮糊，饭菜快好的时候，放点盐和油，再跳进锅里搅拌一下，就做好了。它们每天在家享清福，多好啊，只有你这个笨蛋，每天在外做苦役。"

小鸟听了以后，觉得自己很吃亏，回家就对老鼠和香肠说，它再也不愿意去捡柴了，要求调换工作。虽然同伴们一再劝说，可它还是不听，最后它们商议，每天的工作用抽签来决定。

第二天早晨，它们三个聚在一起，抽签分配工作，结果是：小鸟担水，老鼠煮饭，香肠外出捡柴。可是结果呢？

香肠到树林捡柴去了，小鸟生火，老鼠架好锅，就只等香肠带柴火回家了，可是它们在家等了老半天，也不见香肠回来。小鸟决定出去看看发生了什么事。

小鸟刚飞到树林边，就看到一只狗抓住了香肠，正把它当做美食吞下肚子。小鸟十分愤怒，大骂那只狗，但是这一切都太晚了，它只好伤心地捡了些柴火回家。

小鸟回到家，把外面发生的事情告诉了老鼠，它俩又大哭了一场，最后，它们决定今后一定好好过，相互帮助。于是，小鸟去摆桌子，老鼠煮饭。

饭快要好的时候，老鼠也想学香肠调味，它往锅里放了些盐和油，然后"扑通"一声跳进锅里，向锅中央游去，它准备用自己的身体来搅拌，可是，刚游了不远就被沸腾的水烫死了。

小鸟摆好桌子，就过来端饭菜，可是它发现老鼠不见了，就大声叫喊，没人回答。它又四处寻找，也不见老鼠的踪影。这时，它不小心碰掉了炉灶里的一块煤，通红的煤块一下子将旁边的柴火点燃了，它吓坏了，赶紧去抬水。

当它把桶放下去的时候，自己也跟着掉了下去，它在水里扑腾了几下，淹死了。

狡猾的狐狸

《格林童话》

一只母狼生了一窝小狼，为了更好地培养自己的孩子，它思前想后，觉得狐狸是它们的近亲，见多识广而且头脑聪明，相信狐狸一定能教好它的孩子。于是，它决定请狐狸当小狼的老师。

狐狸装出一副德高望重的样子，对母狼说："亲爱的太太，感谢你对我的信任，我一定好好教育你的孩子，不辜负你对我的期望。"

在拜师酒席上，狐狸放开肚子，尽情地吃了个饱。饭后，它对母狼说："亲爱的太太，我们有责任让孩子们个个都吃得好吃得饱，这样它们才能长得结实强壮。我知道有个羊圈，我们可以很轻松地搞到一些美味可口的肥肉来。"

母狼觉得狐狸的话很有道理，就跟着狐狸来到农庄。狐狸指着远处的一群羊对母狼说："你可以悄悄地溜进去，我到另一边看看能不能抓只鸡回来。"其实狐狸什么地方也没去，而是躺在一个角落里呼呼睡大觉。

母狼慢慢地爬进了羊圈，结果被牧羊犬发觉了，牧羊犬大声对着母狼叫了起来。农夫听到狗在叫就跑出来逮住了母狼，然后把一盆准备用来洗衣服的强碱性的水泼在了母狼身上作为惩罚。

可怜的母狼费尽千辛万苦，终于遍体鳞伤地逃了出来。那只狐狸也睡醒了，它假装很哀伤地说："哦，亲爱的太太，我真是不幸。农夫抓住了我，把我所有的脚指头都打断了。如果你不愿意看着我躺在这里死去，那你就背我回去吧。"

母狼尽管伤很厉害，自己都只能慢慢地走，但它还是很关心狐狸，就把狐狸驮到了背上，把这个没病没痛的老师背回了家。

到家后，狐狸对母狼说："再见，亲爱的太太，愿你和你的孩子能吃上一顿精美的烤肉。"说完，狐狸就开心地笑着走了。

狐狸是怎样摆脱狼的

《格林童话》

很久很久以前，狼是和狐狸住在一起的。但狼总是欺负狐狸，狼要什么，狐狸就得去做。狐狸就想找个机会摆脱狼的控制。

有一次，狼对狐狸说："喂！狐狸，我饿了，去给我找点吃的，不然我就把你吃了。"狐狸回答说："我知道附近有个农场，里面有两只肉嫩味美的小山羊。如果你觉得可以，我们就去弄一只来吃。"

狼饿坏了，马上就答应了，它和狐狸来到农场。狐狸溜进去偷了一只小羊交给狼，然后很快就溜了。狼吃完那只小羊，觉得不过瘾，还想吃，就自己跑进去偷。狼笨手笨脚的，惊动了母羊，母羊"咩咩"地叫了起来。农夫听到后，跑出来一看是狼在偷羊，就毫不手软地痛打了一顿狼，直打得狼一瘸一拐地逃跑了。

狼找到狐狸，责备狐狸说："你骗得我好苦哇！我没吃饱，还想再吃一只羊，结果被农夫发现了，我差点被变成肉酱！"

第二天，它们又来到农场。贪婪的狼说："狐狸，去给我找点吃的，不然我就把你给吃了。"狐狸回答说："我知道有户农家今晚要煎香喷喷的薄饼，我们去弄些来吃吧。"

它们来到那户农舍，狐狸围着房子悄悄地转了一圈，一边嗅一边朝里张望，终于发现了放饼的盘子，就去偷了六个薄煎饼交给狼，然后就走了。狼转眼之间就吃完了六个薄饼，觉得还想吃，就跑进屋去，把装煎饼的整个盘子都拖了下来，结果盘子掉在地上打得粉碎。响声惊动了农妇，她发现是只狼居然在偷吃自己的煎饼，连忙叫来丈夫和儿子，他们一起用棍子狠狠地打狼，直打得狼拖着两条瘸了的腿号叫着逃了出来。

第三天，它们又一起出去，狼只能跛着脚走，它又对狐狸说："可恶的狐狸，去给我找点吃的，不然我就把你给吃了。"狐狸说："我知道有个农夫今天正好杀了头猪，刚腌的猪肉放在地窖的一个桶里，我们去弄些来。"

它们来到地窖，那里果然有很多猪肉，狼张口就大吃了起来。狐狸也很爱吃，但它总是吃一点就四下张望，还时不时跑到他们钻进来的那个洞口，试试自己的身体能不能钻出去。狼见狐狸这样，很是不解，就问狐狸："你为什么总是跑来跑去、钻进钻出的？""我得看看是不是有人来了。"狡猾的狐狸回答说。

后来，农夫听到地窖里有动静——那是狐狸跳进跳出的声音，就朝地窖走来。警觉的狐狸看到农夫朝地窖走过来了，就一溜烟地钻出去逃走了。狼也想跟着跑，可它吃得肚子鼓鼓的，在洞口卡得牢牢的根本钻不出去了。

农夫拿着一根棍子把狼打死了，狐狸却成功地跑回了森林，为能够摆脱那贪得无厌的狼感到十分高兴。

傲慢的狐狸

《格林童话》

一天，一只小花猫在森林里遇到一只狐狸。

小花猫心想："都说狐狸先生长得聪明，经验又丰富，挺受人尊重的。"小花猫就很友好地上前和狐狸打招呼："您好，尊敬的狐狸先生，这些日子森林里到处是猎人，麻烦事情挺多的，您过得怎么样？"

狐狸傲慢地用目光从眼镜后面把小花猫从头到脚地打量了一番，半天没吭声。最后狐狸说："哦，是你这个倒霉的、长着胡子的、满身花纹的、饥肠辘辘追赶老鼠的傻瓜啊，你这辈子有些啥本事？你有什么资格问我过得怎么样？"

"我只有一种本领，"小花猫谦虚地说，"有人追我的时候，我会爬到树上去藏起来保护自己。"

"哈哈，你就只有这本事？"狐狸不屑地说，"我，聪明的狐狸，掌握有上百种本领，而且还有满口袋的计谋。唉，看你可怜的样子，拜我为师吧，我教你大量的本事。"

就在这时，猎人带着四条狗悄悄走近了。小花猫首先觉察到了，它敏捷地窜到一棵树上，在树顶上蹲伏下来，茂密的树叶把它遮挡得严严实实。

"快打开您的计谋口袋，狐狸先生，快打开呀！"小花猫冲着狐狸大声喊道。可是猎狗已经把狐狸扑倒咬住了。"天哪！可怜的狐狸先生，"小花猫感慨道，"您的那些本领就这么给扔掉了！假如您能像我一样爬树就不至于丢掉性命了！"

聪明的狐狸

《格林童话》

从前，有一匹白马，它勤勤恳恳、任劳任怨为主人干活。后来，它老了，干活也不行了，主人就想把它赶走。他找了个借口对白马说："你自己乖乖地走吧，假如你能捉一只狮子回来证明你还是很强壮，我就会留下你的。"说完，他就把老白马赶了出去。

可怜的老马难过极了，它在森林里茫无目标地徘徊。找着找着，老马遇到了一只狐狸。狐狸看老马没精打采的样子，就问道："我的好朋友，你怎么了？为什么垂头丧气，一副愁眉苦脸的样子呢？"

老马长叹了一口气回答说："唉！我遇到了一个忘恩负义的主人，他完全忘了我多年来为他辛辛苦苦所干的一切。现在老了，不能干活了，他就把我赶了出来。还说，除非我能够捉一只狮子带回去给他证明我还是很强壮，他才会收留我。可我有这样的能力吗？"

狐狸听了后，眼珠一转，对老马说："这有什么难的？你别难过，让我来帮你。你躺在这儿装作死了的样子，一切听我的吩咐去做。"马就躺在地上装死。

聪明的狐狸跑到狮子住的洞口边，对狮子叫道："大王，大王！我看见路上躺着一匹好肥的死马，你可以当作一顿很不错的午餐哩。"狮子一听，非常高兴，立即就动身了。它们来到马躺着的地方，狐狸对狮子说："大王！你在这儿吃肯定是吃不完的，你还不如拖回家去慢慢享用。我告诉你拖回家去的办法。把它的尾巴牢牢地绑在你身上，然后你就能够将它拖回家去了。"狮子答应了。于是狮子就躺在地上，让狐狸把马绑在它身上。但狐狸却设法把狮子的腿牢牢地捆在一起，狮子根本没法挣脱。一切干净利落地做完后，狐狸拍拍老马说："起来吧！你可以回家交差了！"

当主人看见老马终于把狮子拖回了家里，对老马改变了初衷，产生了怜悯之心，就收留下了它，一直供养它到老死。

兔子和刺猬赛跑

《格林童话》

在很久很久以前，兔妈妈和兔爸爸带着一个宝贝儿子住在美丽的大森林里，它们生活得非常快活。

最近，兔子家的旁边搬来了新邻居，他们是一对新婚夫妇：一只刺猬和它的妻子。

这是一个秋日里的星期天，天气好极了，田野上大片的麦子正在抽穗，小蜜蜂已迫不及待地在麦子间嗡嗡嗡地飞来飞去，百灵鸟也在空中自由自在地享受秋天里暖洋洋的阳光。

"今天天气多好啊，"兔爸爸伸了伸懒腰，望着窗外明媚的阳光自言自语地说，"今天不用上班，妻子正在给孩子们洗澡，我正好出去走走，顺便还可以看看萝卜长得怎么样了。"说完，它就出了门。

那块萝卜地离它们家不远，但是要经过新邻居刺猬的家。它可不太喜欢刺猬一家，瞧它们那弯弯的腿，还有那满身的刺，想想就让人心烦。

"但愿别碰上它们才好。"兔子边走边想着，"我才不想看见它们呢。"

"喂，你好，兔子兄。"一声问候传进了兔爸爸的耳朵，正是刺猬，它正向自己走来呢。

"你好，"兔爸爸不情愿地挤出一个笑容说，"你一个人到田野上来干什么呀？"

"哦，我只是早饭后出来散散步。"刺猬说。

"散步？"兔爸爸忍不住说，"我认为你应该把你的腿用在一个恰当的地方。田野上似乎不太适合你吧？"

刺猬听了兔爸爸的话，心里特别难受，因为它最怕别人笑话它那生来就是弯曲的腿。

"啊，兔子兄，你可真没礼貌！"刺猬生气地说，"而且，你的腿也不见得有多好。"

"我的腿当然要比你的腿棒得多。"兔爸爸有些骄傲地说。

"那可不一定，"刺猬说，"不信我们可以比一比。"

"怎么比?"

"就和你赛跑吧。"刺猬说。

"赛跑?"兔爸爸说,"你这个弯腿的家伙,想和我赛跑,简直笑死人了!"

"有什么好笑的,"刺猬说,"我打赌你会输给我的。"

"不可能!"兔爸爸说,"说吧,我们赌什么?"

"就赌两枚金币吧。"

"外加一瓶白兰地。"兔爸爸满怀信心地说,"现在就开始吗?"

"别急,别急,"刺猬说,"我得回去换双鞋子。十五分钟后我们就从这儿开始。"

刺猬说完就走了。兔爸爸在它背后说:"还换什么鞋子呀,换了你也跑不过我。"

刺猬边走边想:"我怎样才能赢那个又自负又笨的长腿兔子呢?"

它回到家,看见和自己长得一模一样的妻子,心中一下子有了主意。它对妻子说:"老婆,快穿上你的鞋,别忘了换一件和我一样的衣服。"

"干什么呀?"刺猬老婆问。

"唉,"刺猬说,"我刚才出去散步时碰到了我们的邻居兔子,我要和它赛跑,谁赢了就会得到两枚金币,还有一瓶白兰地。"

"天啊,"妻子叫了起来,"我们怎么能跑得过兔子呢?"

"没关系,"刺猬说,"我已经想到了对付它的办法,你只用跟着我去就行了。"

刺猬老婆平时最佩服丈夫了,因为它总是能想到办法解决难题。于是它换好衣服就跟着丈夫出门了。

走到半路,一想到就要和兔子比赛,刺猬老婆就很兴奋,也有些紧张,不知道丈夫想到什么办法来赢这场比赛,于是便问:"老公啊,我们要怎样才能赢兔子呢?"

"是这样的，"刺猬看了一眼老婆说，"我们走到前面的田野上，那里有一块长长的空地，我们就在那里比赛。起点是在空地的那头，你呢，就站在空地的这头，当兔子跑过来的时候，你就对它喊'喂，你怎么才到呀，我早就跑到这里了'就行了。"

刺猬将妻子安排好以后，走到了空地的那一头，兔爸爸已经等在那里了。

"我们现在就开始吧。"刺猬说。

"好的。"兔爸爸说完就开始数"一、二、三"，刚数完，它就像箭一样朝另一头跑去。

而刺猬却只跑了两三步装装样子，然后就停下来，坐在空地上休息了。

"喂，你怎么才到呀，我早就跑到这里了。"刺猬老婆冲着跑过来的兔子喊道。

兔爸爸大吃一惊，它根本不明白这是怎么回事，它以为冲自己喊叫的刺猬老婆就是和自己赛跑的那只刺猬呢。

"这次不算，"兔爸爸气喘吁吁地说，"我们再跑一次，从这里往回跑。"

这一次，兔爸爸更加卖力地跑起来，可当它到达终点时，刺猬又站在那里冲它喊："喂，你怎么才到呀，我早就跑到这里了。"

兔爸爸简直气疯了，大声地嚷着："不行，不行！我们再来一次！"

于是呀，兔子就这样不停地跑，直到它第六十次到达终点的时候，刺猬还是在它前面说："喂，你怎么这么慢呀，我早就到这里了。"

兔子跑到第七十次的时候，终于跑不动了，它倒在草地上大口大口地喘气，鲜血慢慢从嘴里流了出来，从此再也没能站起来。

刺猬领着妻子，拿着赢来的两块金币和一瓶白兰地，心满意足地回家了。

从此，世上再没有一只兔子敢和刺猬赛跑了。

老麻雀和它的四个孩子

《格林童话》

一只麻雀的家里有四只小麻雀，它们快乐地生活着，在妈妈的精心呵护下已经学会了飞翔。就在这时候，淘气的孩子们把它们的家给捣毁了，受了惊吓的四只小麻雀逃向了四个不同的方向。老麻雀心中非常难过，也非常担心，害怕孩子们会遭遇不幸，因为它还来不及将各种各样的危险告诉它们。

秋天到了，地里的麦子已经变得金黄，孤独的老麻雀与其他的麻雀一起来到麦地里捡食麦粒，看着别的麻雀身边围满了可爱的孩子，老麻雀伤心地躲在了一旁。

"妈妈，妈妈!"一阵熟悉的声音传进了老麻雀的耳中，抬头一看，它的四个孩子全都回来了。喜出望外的老麻雀把它们带回了自己的新家，对它们说："宝贝们! 可想死我了。整个夏天我都在为你们担心，因为你们还有好多东西都没有学习呢。以后呀，你们一定要时时地跟着我，否则也是容易遇到大麻烦的。"

"这个夏天你是在哪里过的?"老麻雀问老大，"你靠什么来养活自己的呢?"

"哦，妈妈，"老大回答说，"我一直待在花园里，找一些毛虫和蛆虫吃。"

老麻雀微微一笑说："你的口福还不错，但是花园里的危险也不少，你要特别注意那些手里拿着一根长竹竿走来走去的人，这是一种空心的竹竿，上面还有一个小洞。"

"我知道，妈妈，"老大说，"那个小洞还用一片绿叶粘住了，是吧？"

"你怎么知道的？"

"我在一个商人的花园里见过。"老大说。

老麻雀说："孩子啊，你既然走过了许多的地方，就应该知道商人是非常机灵的，你要和他们一样的善于随机应变，但不能过于自信。"

老麻雀转过身，又问老二："这夏天你又在哪里过日子的？"

"我么，是在宫廷里度过整个夏天的。"老二回答。

"那地方呀，可有许多的金银珠宝、绫罗绸缎，还有不少的武器、盔甲和猫头鹰、雀鹰、蓝脚鸟什么的，你可得当心呢。如果你待在马棚里或者是到打麦子的地方去，每天就可以吃得饱饱的，日子过得闲适、幸福而愉快。"

老二回答说："是的，妈妈，我在那里的日子过得是很不错，但是马棚里的马夫常常会布下一些捉鸟的圈套，我可看见不少的鸟儿被他们捉住了呢。"

"不错，孩子，"老麻雀说，"那些马夫真的很坏！既然你已经经历了这些危险，想必你也学会了怎样同人类打交道，懂得了如何逃避灾祸。但是你还是应该小心些，再机灵的小狗也有被恶狼吃掉的时候。"

"老三，过来，到妈妈这儿来，"老麻雀向老三招招手说，"你给我们说说，这个夏天是在什么地方生活的？"

老三走到妈妈的身边说："我把桶呀、绳子等抛在各种马路上，所以经常能吃到谷子和大麦什么的。"

老麻雀说："你这种方法倒是挺好的，可是你在路上吃东西时得提高警惕，若是看到有人弯腰捡石头时就要马上离开，千万不要因为贪吃而搭上自己的小命！"

老三回答说："妈妈，你说的这话是很对，可是如果有人事先就带了石头或砖头在身上时，那又该怎么办呢？"

"你见到过这种情况吗？"

"见到过，"老三回答说，"妈妈，矿场里的工人下班时，手里都拿着石头呢。"

"别看矿工们一天到晚的干活，他们可是个个都很狡猾呢。既然你在矿工身边待过，又没有损失过一根羽毛，那你已经学会了相当多的东西了。飞吧，孩子，只是凡事都要小心，因为矿工已经让许多的麻雀丢掉了性命。"

最后，老麻雀来到老四的身旁，问道："哦，小乖乖，你是四个孩子中身体最弱，脑子最笨的一个，今后你还是待在我们的身边吧。你和妈妈待在一起，找树上或屋顶上的小虫和小蜘蛛吃，就不会遇到那些爪子长长的，嘴儿弯弯的大鸟，它们可都是些非常凶恶、粗暴的大鸟，它们专找身体瘦弱的小鸟吃。"

小麻雀说："哦，亲爱的妈妈，我要自己养活自己。"

"为什么？"老麻雀惊讶地问。

"只有不麻烦别人，自己养活自己的人，才可以长久地生存下去。我们只要一心一意地信赖亲爱的上帝，每餐都分给它们应得的食物，那些大鸟就不会来伤害我们了。上帝创造了一切，树林、村庄、小屋和所有的小鸟，他不仅会保护它们，还听得到它们的祈祷和叫喊。只有上帝的意旨才能让麻雀或鹧鹋掉在地上死去。"

老麻雀有些惊奇地问："孩子，这些话你是从哪里听来的？"

小麻雀回答说："妈妈，这一个夏天我都在一个教堂里啄苍蝇和蜘蛛吃呢，我每天都会听到这样的教导。那里所有麻雀的长辈们都给我东西吃，还教了我不少如何逃避凶猛的大鸟和各种意外灾难的本领呢。"

"真是太好了！"老麻雀说，"你帮人们清除了苍蝇和蜘蛛，又把自己托付给了永恒的上帝，所以呀，你现在能够很好地在这个到处都是凶恶的大鸟的世界上生存下去了。"

狼和七只小山羊

《格林童话》

很久很久以前，在森林边上的一片草地上，住着一只山羊妈妈。它有七个孩子——七只十分可爱的小山羊，山羊妈妈非常爱它们，就好像所有的母亲爱自己的孩子一样。

一天，山羊妈妈要到森林里去给孩子们找吃的。出门之前，它把七个孩子叫到身边，对它们说："亲爱的孩子们，我走后你们一定要把门关好，千万不能让狼进来，不然，它会将你们连毛带皮一块吃下去。那个坏东西常常将自己伪装起来骗小孩，但是它有一口很粗的嗓音和一双黑黑的爪子，很容易被认出来。"

"亲爱的妈妈，你放心去吧，我们一定会小心的。"小山羊对妈妈说。

山羊妈妈刚走不久，就有人敲门："孩子们，快开门吧！我是你们亲爱的妈妈，给你们带了许多好吃的东西回来，让我进来吧！"

可是小山羊听出了狼粗粗的嗓音，就对狼说："你走开！你骗不了我们，你是狼。我们的妈妈说话又细又好听，而你的声音这么粗。"

狼没有骗到小山羊，就灰溜溜地走了。它来到一个杂货铺，买了一只很粗的粉笔，吞了下去，使声音变得又细又好听。

狼又来到小山羊的窗前，对着窗户说："孩子们，快开门吧！我是你们亲爱的妈妈，给你们带回了许多好吃的东西，让我进来吧！"

可是小山羊看见了狼放在窗台上的爪子，黑黑的，长满了长毛，就对狼说："快走开！你骗不了我们，你是狼。我们的妈妈没有这样的黑爪子。"狼的诡计又被小山羊们识破了。

狼来到一个面包坊，对面包师说："我的脚受伤了，请给我的脚糊上面浆吧。"

于是面包师就给狼的一双爪子上糊满了面浆。狼又来到磨坊，对磨坊主说："请在我的双脚上撒满面粉吧。"磨坊主知道狼一定又要去骗人，就不愿意，可是狼威胁他说："如果你不听我的话，我就把你吃掉。"磨坊主害怕了，就在狼的双脚上撒满了面粉。

狼又来敲小山羊的门，说："孩子们，快开门吧！我是你们亲爱的妈妈，给你们带回了许多好吃的东西，让我进来吧！"小山羊们说："把你的爪子伸出来，让我们看看，是不是妈妈回来了。"

狼把爪子放在窗台上，小山羊看见了一双白色的爪子，便信以为真，打开门把它放进去了。

门刚一打开，狼就扑了进去。小山羊们看见狼后吓得大声尖叫，四处躲藏。一只小山羊钻到了床下，第二只小山羊藏到了壁柜里，第三只小山羊躲到衣橱里，第四只小山羊藏在桌子下，第五只小山羊躲进厨房里，第六只小山羊钻到洗衣盆下，第七只小山羊躲进挂在墙上的壁钟里。可是狼把它们全都找了出来，并且一只一只地吞了下去，只有那只藏在壁钟里的小山羊没有被找到。狼的肚子吃饱后，就溜走了，它来到外面的草地上，躺在一棵大树下晒太阳，没一会儿就呼呼大睡起来。

狼走了不久，山羊妈妈就带着食物回家了。它刚跨进大门就被眼前的景象惊呆了，桌椅被掀翻在地，锅碗被摔得粉碎，家里一片狼藉。它到处寻找小山羊们，但是一只也没有找到，它又一个一个呼喊着它们的名字，也没有人回答它。最后，当它叫到最小的那只山羊时，才听见一个很小的声音从壁钟后面传出来："亲爱的妈妈，我还活着，藏在壁钟里。"

山羊妈妈把活着的那只小山羊从壁钟里接了出来，小山羊告诉妈妈狼怎样骗了它们，进屋后把其他的小山羊全都吃了。山羊妈妈伤心地哭了，它是多么恨那只凶恶的狼啊。

　　最后，山羊妈妈带着小山羊走出家门，来到草地上。当它们来到那棵大树边的时候，看见狼正躺在树下呼呼大睡，口水从它的嘴角流了出来。山羊妈妈看见狼就恨得牙痒痒，它看到狼那鼓得浑圆的肚子，就忍不住伤心，那里面全是它的孩子啊。当它仔细地打量着狼的肚子时，突然惊呆了，它看见狼的肚子里有什么东西在不停地蠕动。

　　"啊！上帝，"它想，"难道我可怜的孩子们还活着吗？"它叫最小的那只山羊赶紧回家，拿来剪刀和针线。

　　它小心地剪开狼的肚皮，它刚剪开一个小口，一只小山羊的头就钻了出来。它又一点一点地继续往下剪，小山羊也一只一只地钻了出来，它数了数，一共六只，一只不少。原来，狼饿极了，就把它们整只整只地吞了下去。

　　"啊，感谢上帝，太幸运了，孩子们都平安无事。"山羊妈妈抱着七只小山羊说，"孩子们，你们赶快去找些石头回来，趁这个坏东西睡着的时候，把它的肚子填满。"

　　七只小山羊很快就找来一大堆石头，把狼的肚子里填得满满的，山羊妈妈飞快地用针线把狼肚皮缝上，狼一点感觉都没有，一动不动。然后，山羊妈妈带着七只小山羊躲到附近的灌木丛里。

　　狼终于睡醒了。因为肚子里全是石头，它感到很口渴，就来到井边喝水。它刚俯下身子去喝水，就被沉重的石头拖进了井里，当它明白肚子里装的是石头，而不是六只小山羊的时候，却只能可怜巴巴地被淹死了。

　　小山羊们在灌木丛里看到了这一切，奔跑过来大声欢呼："狼淹死了！狼淹死了！"它们和妈妈一起围着井边欢快地跳起舞来。

小母鸡之死

《格林童话》

从前，森林里住着一只小母鸡和一只小公鸡，它们是最要好的朋友。

一天，它们相约一起上山找食物。它们约定，谁先找到好吃的就一定要和另一个分享。小母鸡眼睛尖，首先找到一大块核桃仁。小母鸡饿坏了，它左看看右看看，发现小公鸡没在身边，它想独自把核桃仁吃了。

然而，核桃仁太大了，卡在小母鸡喉咙里下不去了！小母鸡紧张极了，怕被噎死，就大叫道："小公鸡，小公鸡！求求你快去弄些水来，要不我就要噎死了！"

小公鸡也被吓坏了，它以最快的速度跑到河边，说："河水啊河水，它你给我一点水！我的朋友小母鸡被一块核桃仁噎住了。"

河水说："你先去找村子里的那个新娘帮我要一块红绸来。"

小公鸡跑到新娘那儿说："新娘啊新娘，请给我一块红绸子拿去给河水，他才会给我水。我要用水去救我的朋友小母鸡，它被一大块核桃仁给噎住了。"

新娘说："你先去柳树上把我的花冠取来给我。"

小公鸡跑到柳树下，从柳枝上取下了花冠交给新娘，新娘这才给了一块红绸给小公鸡。小公鸡赶紧拿着红绸给河水送去，河水给了它一些水。可是等小公鸡带着水赶回来时，小母鸡已经躺在那儿一动不动——它被核桃仁真的噎死了。

小公鸡放声痛哭，哭得昏天黑地，眼睛红肿红肿的。小母鸡的邻居六只老鼠做了一辆小车,用来将小母鸡运到墓地去。车做好后,老鼠们套上拉绳拉车,让小公鸡驾车。路上,它们遇到一只狐狸,狐狸问小公鸡:"你上哪儿去呀?"

"我去给我的朋友小母鸡送葬。"狐狸要求一起去,小公鸡同意了,让狐狸在车后面坐了下来。后来,它们又遇到一只狼、一头熊、一头鹿以及森林里所有动物,它们都要求一起去。

这支送葬的队伍来到一条溪水边,没有桥,小公鸡发愁了:"怎么过呀?"

这时,溪边有根干草说:"让我把自己横架在溪水上面吧,你赶着车从我身上过去好了。"可是,六只拉车的老鼠刚踏上这座"桥",干草就滑到水里去了,六只老鼠全被淹死,大家又难住了。

过了一会儿,一块炭走过来说:"我够大吧。你们从我身上过去好了。"说着就将自己横到溪水上。可炭刚一碰到水,就"嘶"的一声冒出一股烟,然后炭就死了。一块石头在旁边默默地看了整个过程,很同情小公鸡,就说愿意帮助小公鸡。

于是,石头躺到了水里。小公鸡拉着车过了溪。小公鸡刚把小母鸡从车上抬了下来,车突然向后退去,结果车上所有的动物们都被淹死了,只有小公鸡和死去的小母鸡留在岸上。

小公鸡挖了个墓穴,把小母鸡埋了。小公鸡做完一切后,坐在小母鸡的墓冢旁边悲伤不已,最后小公鸡也和大伙儿一样,死了。

鸟兽大战

《格林童话》

狼和熊生活在森林里,它们是一对好朋友。

一天,它们正在树林里溜达,听见一只鸟在快乐地歌唱。熊问狼:"什么鸟唱得如此甜美?"狼知道那是一只山雀国王,它回答熊说:"那是一只鸟王呀,我们要对它放尊重些。"熊感到很惊奇:"真的吗?我很想看看鸟王的王宫,你带我去看看吧!"狼说:"现在不行啊,等一会儿,等鸟王回家后我们再去。"

不久,鸟王和王后衔着食物回来了,它们开始为儿女们喂食。熊很想去看看鸟的王宫是怎么样的,但被狼以鸟王在家不能去打扰的借口劝住了。它们在看到鸟巢的地方挖了一个小洞作记号,就离开了。

走着走着,熊老是惦记着要看鸟的王宫,不久它们就转了回来。鸟王和王后此刻都不在,熊就上前向鸟巢里一看,里面有五六只小鸟躺在巢底。"真是胡扯!"熊叫道,"这哪里是什么王宫啊,我这辈子还没有看见过这样污秽的地方。你们这些小家伙也不是什么王子公主,不过是一群私生子!"

小山雀们听到熊的这些话后,非常气愤:"我们不是私生子,你这只笨熊!我们的爸爸妈妈是世界上最正经的。你说这样的话,你要对你的无礼负责!"狼和熊有点害怕了,它们急忙跑开了。

熊和狼走后,这群小山雀就哭着喊着叫开了。当鸟王和王后回家给它们喂食时,它们都嚷道:"我们饿死也不吃。刚才熊来过了,它骂我们是私生子,你们要是不惩罚那个恶棍,我们就不吃东西。"

"我亲爱的宝贝们,你们放心,"鸟王说,"我会惩罚它的。"鸟王飞到熊的洞穴口,对熊大声挑战道:"你这头笨熊,你侮辱了我的孩子们,我宣布将和你进行一场残酷的血腥战斗,你不受到惩罚我决不罢休。"

熊知道闯祸了,就把公牛、驴子、鹿和所有在地上跑的兽类都召集在一起,商量着防御的方法。山雀国王也召集了所有在空中飞翔的大大小小的鸟类,并组建了一支由大黄蜂、蚊子、小黄蜂和苍蝇等昆虫组成的强大军队。

鸟兽大战的日子越来越近了，山雀国王派出许多间谍去窥探谁是野兽军队的主帅。这些间谍中，蚊子是最聪明的一个，它在野兽军队驻扎的树林里飞来飞去，最后隐藏在一棵树的叶子下面。

这天，野兽军队召开战前大会。熊正好站在蚊子隐藏的这棵树下，蚊子能够清楚地听到它的说话。熊把狐狸叫过来说："你是我们兽类里面最聪明的，所以这次战斗就由你来当主帅指挥我们作战。我们得先统一某些信号，根据这些信号，我们就能够知道你要我们在战斗中怎么做。"

狐狸说道："好啊，我就恭敬不如从命了！你们看，我有一条漂亮的毛茸茸的尾巴，我的尾巴能让大家提高士气。你们要记住，当看到我竖起尾巴时，就是要你们去拼命投入战斗，和我们的敌人大战；要是我把尾巴放下来，就是说我们战败了，你们得立即逃跑保命。"

蚊子听了这些话，飞回鸟王那儿，把所见所闻都告诉了鸟王，鸟王就做了一系列的安排。

激动人心的鸟兽决战日子终于来到了！

天刚亮，狐狸指挥的野兽军队就冲向前来，鸟王也领着他的队伍，飞过来严阵以待。双方的军队在原野上各自摆开阵势。

鸟王一声令下，大黄蜂首先向野兽的指挥官狐狸进攻，集中对它的尾巴进行攻击，尽全力蜇它。当第一只大黄蜂蜇着狐狸时，狐狸的尾巴晃了一下，但狐狸仍坚持竖着尾巴。当第二只大黄蜂蜇狐狸时，狐狸痛得不得不把尾巴放下来一点儿。可当第三只大黄蜂蜇着狐狸时，狐狸痛得再也忍不住了，急忙把尾巴夹在两腿之间，拼命地逃跑了。群兽一看，以为它们战败了，全都急急忙忙跑掉了。

胜利归来的鸟王和王后对孩子们说："孩子们，现在你们可以高兴地吃吧，喝吧！我们已经胜利了！"但小家伙们说："不行，那头笨狗熊骂我们是私生子，它还没有来向我们道歉呢。"

感人泪下的动物故事

鸟王又飞到熊的洞穴口喊道："你这个坏熊，立即去向我的孩子们道歉！否则，我把你身上的每根骨头都砸成碎块。"熊不得不前往鸟王的穴巢去谢罪。

这样，小家伙们才肯坐下来，又吃又喝，嘻嘻哈哈一直玩到深夜才安歇。

三头公牛和狮子

《伊索寓言》

在辽阔的大草原上，生活着红牛、黑牛、黄牛三兄弟。公牛三兄弟时常在一起游戏、休息。这天，草原上来了一只狮子。狮子看到三头牛，想把它们吃掉，就向它们猛冲过去。

三头公牛也看见了狮子，它们马上头朝外，围成了一个圈子。狮子猛冲过来，被红牛用角一挑，挑出老远，重重地摔了个跟头。狮子想换个方向进攻，可看到黄牛和黑牛瞪大眼睛，恶狠狠地看着它，就不敢靠近，只好灰溜溜地走了。三头公牛松了口气，都说："咱们三兄弟只要团结，再凶的狮子也不怕！"

狮子没吃到牛肉，当然很不甘心，但是又斗不过公牛三兄弟，怎么办呢？狡猾的狮子终于想出了办法。这一天，三兄弟没有在一起，狮子终于等到了机会。它跑到黑牛的身边。黑牛一见，吓了一跳，马上摆出了准备战斗的架势。

狮子连忙解释说："我不是来吃你的，你的力量那么大，我怎么敢吃你呢？不过，我想问你，你们三兄弟中，哪一个力量最大呢？"

黑牛想了想，说："我看差不多吧！"

"那就奇怪了"，狮子说，"刚才我听红牛说，是它力量最大，那天要不是它挑我一下，你们肯定会被我吃了！"

"它胡说，要不是我在，它才会被吃掉呢！"黑牛气得直喘粗气，它决心不再理红牛了。

狮子见黑牛上了当，又跑到红牛那儿，说："红牛兄弟，我知道你的力量是最大的。那天，要不是你把我赶跑，我早就把黄牛和黑牛吃了。"

"我们是三兄弟嘛，我当然得保护它们了。"红牛嘴上这么说，心里却很得意，也不想赶狮子走了。

"可我听黑牛说，它的力气才是最大的。它还说，那天要是让它动手，会做得更好。你看，它正不服气地看着你呢！"

红牛扭头一看，果然黑牛正盯着它呢。红牛心想："这家伙，真是忘恩负义。要不是我救了它，它早就被吃掉了。"红牛决定以后再也不和黑牛在一起了。

狮子又跑到黄牛那儿，说："黄牛兄弟，红牛、黑牛它们都说你胆小鬼，那天我冲过来，它们说你吓得直发抖。其实，你才是最勇敢的！"

黄牛愤愤地说："这两个小子，自己胆小，还说别人，太不像话了。我非要找它们算账去。"说着就冲向红牛。

黄牛冲到红牛面前，一句话也不说，一头把红牛撞了个跟头。红牛气极了，和黄牛打了起来。黑牛看见，也冲了过来。就这样，三头牛打成了一团，从早晨打到中午，从中午打到晚上。最后，三头牛都遍体鳞伤，精疲力竭，躺在地上直喘气。躲在一边的狮子见机会到了，就冲过来毫不费劲地把公牛三兄弟全咬死了。

秃尾狐的坏主意

《伊索寓言》

夜深人静的时候，一只狐狸悄悄钻出了森林，想到养鸡人家里去偷鸡。它刚刚跳过栅栏，就被养鸡人设的捕兽器夹住了尾巴。狐狸既不敢喊又不敢叫，只好忍着钻心的疼痛，惊慌失措地挣扎。最后总算逃出来了，但是它那条漂亮的大尾巴却被挣断了，成了秃尾巴。

秃尾巴的狐狸在洞穴里养好了伤，第一次出来晒太阳，就听到了邻居们在背后的风凉话。这个说："哟，怪不得许多天没见它出来找食，原来躲在窝里，把自己的尾巴吃了一半！"

从这以后，秃尾狐常常遭到奚落，无论走到哪儿，都有人讥笑它的尾巴，秃尾巴难过极了，它害羞得不敢出屋，常常趴到窗户前去看外面的一切。每天早晨，当同伴们一个个拖着毛茸茸的大尾巴，去觅食、去玩耍、去做自己想做的事，大摇大摆地从窗前走过之后，留给它的只是一个寂寞的世界。它的窗下有一个花丛，花儿长得齐齐整整的，只有一棵特别高，显得很惹眼。秃尾狐久久地盯着花丛，过了很久很久才肯离开。

有一天，当秃尾狐再次趴到窗前的时候，它一眼就发现那棵高高的花被折断了，花丛中再也没有什么特别惹眼的花了。看着、想着，突然它惊喜地跳了起来："我找到解脱困境的办法了！"

它相信自己的主意能让大家忘记它的缺陷，它的主意就是想办法让同伴们把尾巴剪得和自己的尾巴一般长。这样，就像这花丛一样，再没有惹眼的东西了。

于是，秃尾狐到集市买来了醇香的酒、最鲜美的肉，然后邀请大家到它家里做客。正当大家吃得开心的时候，秃尾狐装作不经意的样子说：

"有件事不知你们注意了没有，我们生来长了条太长的尾巴，整天拖着这样一个累赘，无论是做坏事还是玩耍，都很不方便。"几只小狐狸吃着甜美的水果，点头附和着。秃尾狐给成年的狐狸斟上酒，继续说："朋友们你们想想，为什么兔子跑得那么快，那么利落，是它们的腿比我们更有力量吗？"

"当然不是，人家兔子的尾巴多短多灵便呀。"刚刚接酒的狐狸脱口而出。秃尾狐见时机成熟，便动员大家把尾巴剪短。

"好吧。"大家表示同意，只是没有谁敢第一个走到拿剪刀的秃尾狐面前。

这时，一位年长的狐狸走上前，轻轻夺过秃尾狐手中的剪刀，对它说："如果你的尾巴没断，你会这样劝大家吗？为了掩盖你自己的缺陷，就不惜残害整个家族，你于心何忍？孩子，身体有缺陷不要紧，心理上可不能有缺陷啊！"

秃尾狐羞愧地低下了头，从此谁也不再讥笑它了。

狗、公鸡和狐狸

《伊索寓言》

在很远很远的地方，有一片美丽的大森林，大森林里住着许多可爱的动物，它们由猴子领导，在这个王国里，大家相亲相爱，就像一家人一样。在这些动物中，大狗汪汪和公鸡飞飞是邻居，也是最最要好的朋友。它们有福同享，有难同当，彼此相互照应，互相帮助。正是这样的友情才使它们勇敢地面对生活，即使在周围时常出现危险，也不曾使它们对生活却步。

公鸡飞飞每天早晨起来呼唤太阳，严守着大自然生生不息的生命哲学。朝阳穿过云层照耀着万物，呈现出森林、大地、鸟兽……这些最具有原始生命力的万物。"空气真新鲜，生活真美好。"一清早，大狗汪汪便发出感叹，它做了个深呼吸，贪婪地呼吸着花草的芳香，感受着大森林里特有的树木和泥土的味道。这样的天气待在家里太辜负老天的厚爱了。

今天，大狗汪汪约公鸡飞飞一同去游山玩水。两个伙伴好不快活，它们把清澈的小溪当做镜子，捕捉彼此在水中的倒影。它们还在花丛中追逐蝴蝶和蜻蜓，玩捉迷藏的游戏。大狗汪汪躲在草丛中，它蹲下身子，把头压得很低，一动不敢动，生怕被公鸡飞飞发现。飞飞东瞧瞧，西望望，伸长了脖子也没找到汪汪，它跳上一个矮树桩，发现了汪汪，悄悄地跑过去，从背后吓唬汪汪。汪汪正在心里窃笑，以为不会被找到，哪经得起飞飞这么一吓，它"嗖"的一下"飞"了出去，转过头来对着飞飞一顿狂叫，埋怨飞飞让它受到惊吓，飞飞咯咯地笑了起来。太阳快要下山了，两个小伙伴也玩累了，已经来不及回家了，它们便在树下睡了一觉。大狗汪汪对好朋友说："你在树上睡吧，我在下面的树洞里，我会保护你的。"公鸡飞飞听了非常高兴，拍拍翅膀，笨重地飞上了枝头，找了个最结实的树杈安心地睡觉了。

黑夜很快过去了。公鸡飞飞有早起的好习惯，它每天都在黎明前起床，做做健身操，然后放开洪亮的歌喉呼唤太阳。这时，森林中有一只狡猾的狐狸听见了公鸡的啼叫，它循着声音走过来，看见公鸡在树上就像看见一顿已经煮得香喷喷的鸡肉大餐，馋得直流口水。它眼珠一转，计上心头，走到树下，笑着向公鸡问好。公鸡飞飞见了说道："狐狸先生好久不见，你笑得越来越美了，比花儿还美。"狐狸摆出一副自认为很迷人的面孔说："你这只美丽的鸟儿真好，每天都勤劳地叫大家早起。你的嗓音真动听，比百灵鸟还出色；你的羽毛真美丽，比孔雀还漂亮。快快下来，咱们交个朋友吧。"公鸡瞟了狐狸一眼没再说话。狐狸见公鸡不理它，又接着说："其实我也会唱歌，不过没有你唱得好，我们一起唱一支吧，你也指点指点我。"公鸡见狐狸还不走，就对它说："那好，你到树根底下，叫醒守夜的，让它把门打开。"狐狸听了乐得差点儿没翻跟斗，它跑到树洞旁，把头探进去，大狗汪汪突然从洞里跳了出来，把狐狸吓得头皮发麻，四脚发软，心脏跳动明显加快。大狗不等狐狸逃跑，上前咬住了它，把它撕成了碎块，为森林里的小动物除去一个大坏蛋。两个好朋友紧紧抱在了一起。

披着狮皮的驴

《伊索寓言》

森林里住着一头驴，经常有野兽袭击它。有几次非常危险，它拼命奔跑才免遭毒手。驴子想，要是能变成狮子，那些野兽就不敢来追自己了。

有一天，驴子在森林里闲逛，突然发现前面有一张狮子皮，可能是猎人不小心丢下的。驴子高兴极了，心想：我把狮子皮披上，扮成狮子去吓唬吓唬小动物！对，就这么办。

于是，驴子真的披上了狮子皮，悄悄地出现在动物面前。小兔正在吃草，忽然看见狮子站在面前，赶紧"哧溜"一声钻进了洞里。小松鼠也慌忙爬上了大树。小鹿吓得撒腿就跑，连头都不敢回。

驴子见它们被吓成这样，高兴得哈哈大笑。动物们这才听出是驴子在吓唬它们，大家都责怪驴子太过分了。忽然，小松鼠喊了一声："大家快逃啊，狐狸来啦！"小动物们躲的躲，跑的跑，都离开了。

驴子正要跑，忽然想起自己现在已经是狮子，用不着怕狐狸了。于是，驴子大摇大摆地走到狐狸面前。狐狸吓了一跳，说："狮子大王，您也在这里呀！那就不打扰了，我马上就走。"说完，掉头就跑。驴子看到以前袭击它的狐狸被吓跑了，非常开心，忍不住"咴咴"叫了几声。

狐狸听到了驴的叫声，明白原来是驴子在捣鬼。它转过头，向驴子猛冲过来。驴子想跑，可是狮子皮披在身上，怎么也跑不快，狐狸扑过来，一口把驴子咬死了。

城里鼠和乡下鼠

《伊索寓言》

乡下老鼠和城里老鼠交上了朋友。一天，乡下老鼠邀请城里老鼠去它家赴宴，摆出地里出产的无花果和葡萄之类的果实请它吃。城里老鼠看乡下老鼠家里穷，就对它说："你这里简直过的是蚂蚁的生活，而我家的东西则丰富极了。我真希望你能到我家，那我们就可以大吃特吃那些珍馐美味了。"乡下老鼠当下答应了。

第二天，乡下老鼠到城里老鼠家做客。乡下老鼠见屋里什么也没有，心里很纳闷。这时城里老鼠说："走，我带你到一个地方去，保你吃个够。"说着，它把乡下老鼠带到一个地主的库房里，乡下老鼠一看，里面的东西可真不少，有各种蔬菜、鱼肉、饼干、面包……乡下老鼠说："人家的东西，不打招呼就吃，行吗？"城里老鼠理直气壮地说："没关系，放开肚皮吃吧，我经常来。"它俩吃得正起劲，忽然管家婆推门进来了，她发现有老鼠，拿起笤帚就打，城里老鼠领着乡下老鼠赶紧跑进洞里。

乡下老鼠对城里老鼠说："老兄，还是你自己去享受这大鱼大肉的生活吧！这样担惊受怕，我可受不了。还是乡间清贫而自由自在的生活过得舒心啊！"

爱唱歌的夜莺

《伊索寓言》

大森林里生活着一只美丽的夜莺，它体态玲珑，一身赤褐色的羽毛非常漂亮。不过，最迷人的不是它美丽的外表，而是它婉转动听的歌声。夜莺被公认为是森林中的歌唱家，每当它唱起歌，森林中的动物都会屏住呼吸，出神地倾听。如果此时有行人路过，都会被它的歌声所吸引，许多人因此而迷了路。

由于自己的歌声动听，夜莺开始有些忘乎所以了，它每天都飞到不同的地方去唱歌，以赢得更多的掌声和赞美声。后来，它甚至连自己的生活习性都改变了，本来是每天夜里出来唱歌，现在它白天也经常出来唱歌。

夜莺有一个好朋友，是一只蝙蝠。以前它们经常一起在夜间出来活动，现在夜莺白天也出来了，蝙蝠很担心，于是就劝夜莺说："你的歌声实在是太动听了，如果被心地不好的人知道的话，你就危险了。现在你白天也出来活动，万一遇到那些坏人，怎么办呢？"

夜莺根本就听不进去蝙蝠的话，它说："你知道大家多欢迎我吗？你知道大家多喜欢我的歌声吗？我怎么能不出来为大家表演呢？你不让我出去，是嫉妒我，你只配在黑漆漆的夜里出来，和我已经不是一类了，我们以后不要再来往了。"蝙蝠听了夜莺的话，很伤心，它知道夜莺已经沉迷于虚荣之中，无法自拔，只得无奈地飞走了。

从此，夜莺每个白天都出来唱歌。它的名声一天天响亮起来，方圆几百里的森林、村庄和城市都知道在大森林里有一只会唱歌的夜莺。许多想发财的人都想得到这只夜莺。于是，成群结队的人们来到了大森林，寻找各种机会捕捉夜莺。夜莺以为这些人是来欣赏它的歌声的，唱得更加卖力了。终于有一天，夜莺被人捉到了，以很高的价钱卖给了城里的一位富商。在富商家中，夜莺失去了自由，被关进笼子，挂在窗口供人赏玩。此时的夜莺已无心在白天唱歌了，它开始怀念它的家乡，怀念它的朋友们。

夜晚，夜莺又恢复了它的习性，但却唱起了悲伤的歌曲。这歌声引来了夜莺的朋友——蝙蝠。蝙蝠问夜莺："你为什么白天沉默，夜晚才悲歌呢？"夜莺回答说："我很后悔没有听你的话，在白天出来唱歌，最后被人捉住了。现在我有心眼了，白天不再唱歌了，只在夜晚唱。"蝙蝠听了说道："你现在明白了，可是已经晚了。"说完，蝙蝠飞走了。

蝉戏狐狸

《伊索寓言》

狐狸自恃很聪明，点子多，总是千方百计地从别的动物那里骗到现成的食物。狐狸的甜言蜜语大多都很管用，因为总有一些热衷虚荣、爱听好话的动物上当。

狐狸每天只要动几下嘴，装出一副迷人的笑脸，就会有美味的食物送到它面前，不必自己辛苦地东奔西跑，这让狼羡慕不已。

一天，狼找到狐狸，诚恳地说："狐狸老弟，你真行，能传授给我几招吗？我们兄弟一场，你也不忍心看我一天到晚为三餐奔波吧。"狐狸听了，心里甭提多得意了，说道："狼大哥，干这种活儿要有足够的智慧和清醒的头脑。可不是谁都能干得了的。"狼见狐狸搪塞它，非常生气，对狐狸吼道："狐狸，你教是不教，不教我就吃了你。"狐狸心里很害怕，忙笑着说："狼大哥，你消消气，我没说不教你呀，你看你，这么耐不住性子，早把人家吓跑了，你还能吃到东西吗？"狼想想也有道理，说道："那好，你说我应该怎么做。"

　　狐狸把狼带到小河边，清澈的河水映出狐狸和狼的倒影。狐狸对狼说："首先，你要练习微笑。所谓'伸手不打笑脸人'，你要用微笑赢得别人的信任，消除别人对你的敌意、警惕，然后才能骗到食物。"

　　狼对着河水，咧开嘴笑了一下，样子难看极了。阴森森的牙齿露在外面，让人见了就发抖，别说同它讲话了，就是再看它一眼都需要有十二分的勇气。狼对自己的笑容也不满意，问狐狸："我怎么笑得这么难看？"狐狸告诉它："你不能这样皮笑肉不笑的，让人一看就知道你用心不良。要发自内心的笑，就像见到一顿丰盛的大餐一样。看我笑给你看。"说着，狐狸露出媚笑。狼见了，不得不佩服狐狸的本事，竟然把虚假的笑容笑得这么真实。狐狸想，这样也不是办法，决定带狼亲自去实践。

　　闷热的天气引得蝉在树上唱个不停，狼很想吃蝉。狐狸就想了一个计策，对狼说："狼大哥，看我的，你好好学着点。"狐狸站在对面，开始对蝉大加赞扬："蝉啊蝉，你的歌声真动听，你的嗓音真迷人，快下来，让我看看是多大的动物发出这么响亮的声音。"蝉识破了狐狸的诡计，摘了一片树叶扔了下去。狐狸以为是蝉，猛地扑了过去。蝉对狐狸说："你这家伙，以为我会上你的当？自从我看见你的粪便里有蝉的翅膀，我对你就有所警惕了。"狼见狐狸失败了，摇摇头，走了。它想，还是靠自己的本事吃饭吧，这样才踏实。

自不量力的蚯蚓

《伊索寓言》

蚯蚓总是自称和蟒蛇是远亲。后来，因祖上没有搞优生优育，才使它退化到这步田地。生活在肥沃的大地里，蚯蚓很自豪，因为人们通称它为"地龙"。瞧瞧，那可叫"龙"啊，而蛇也不过是个"小龙"嘛。这是多么值得骄傲的事情，蚯蚓时常这么想。这虽然有些自欺欺人，却也不乏是个自我安慰的好办法。久而久之，蚯蚓养成了一个毛病。每天临睡前都要对自己说两遍"我是地龙"，然后才能安然入梦。

后来，这条小蚯蚓慢慢长大了，它见自己身长不过40厘米，已经是蚯蚓家族最大的了，便放弃了与蛇一争高低的念头，把希望寄托在了下一代身上。

蚯蚓宝宝出世了，为了继承上一代的遗志，它天天锻炼身体，穿梭于泥土之间。其实最初，蚯蚓宝宝对祖上的遗训并不热衷，它很喜欢无忧无虑又自由自在的生活方式。它热爱泥土，热爱生命，热爱自己的身体，因为只有光滑细小又柔软的娇躯才能在泥土中幸福的生活。小蚯蚓不停地忙碌着，它要把家建设得松软舒适。

有一天，一只大公鸡打破了小蚯蚓宁静的生活。那时，小蚯蚓刚刚松完土露出头，打算在小草底下透透气，不想，被一只眼尖的大公鸡发现了。这只大公鸡健步如飞地飞跑过来，低头就向蚯蚓啄去，好在小蚯蚓平时锻炼有素，动作敏捷，迅速钻进泥土里，才避开了一劫。蚯蚓惊魂未定的钻回泥土，它伤心极了："我是条好虫子，这只无知的大笨鸡，竟然想吃掉我。"小蚯蚓想着想着，难过地掉下了眼泪。听到哭声，一只老蚯蚓爬了过来，它安慰小蚯蚓说："好孩子，不要难过，我们生活的世界就是这样，因为我们太弱小，所以才会被别人欺负，甚至吃掉。如果我们是强大的，就不会有人敢侵犯我们了。"小蚯蚓想起了上一辈的遗训，如果我是蟒蛇就好了，它无限遗憾地想，这回它终于明白祖辈的苦心了。

从那天起，小蚯蚓彻底改变了，它明白了只有自己强大，才能保住家园，保护自己。一天，在一棵无花果树下，蚯蚓终于见到了心目中的英雄——蟒蛇。蟒蛇正在睡觉，蚯蚓真希望能有蟒蛇那样粗大，便在旁边拼命伸长自己，可是由于用力过猛，把身体折断了。可怜的小蚯蚓，不但没有像蟒蛇那么强大，反而把自己毁成了两断。

狮子的眼泪

《伊索寓言》

大草原上住着许多动物。其中有一个由一头公牛、一头母牛和一头小牛组成的家庭，它们生活得很美满、幸福。

狐狸经常到公牛家做客。尽管主人很热情，拿出新鲜的水果招待客人，客人还是不满意，因为狐狸喜欢吃肉，不喜欢吃水果。客人觉得无聊，后来，来的次数渐渐减少，再后来，竟不肯登门了。

狐狸认为公牛夫妻很吝啬，心中暗暗生气。它甚至生出一种荒唐的念头，要给公牛家制造些麻烦。

一天，狐狸正低着头想着这件事，不知不觉碰上了狮子。狮子大吼道：

"你这个混蛋，为什么不给我让路，难道想找死吗！"

狐狸吓了一跳，急忙小心翼翼地赔不是。它见狮子余怒未息，连忙进一步讨好说：

"前面不远的地方，一头母牛生了一头小牛。小牛的肉又鲜又嫩，您一定很喜欢，我是特来向您报信的。"

狮子听了大为高兴，扔掉狐狸，寻找小牛去了。

小牛正在草地上玩耍，远远看到狮子扑来，急急忙忙回到父母身边。狮子不在乎小牛的父母，继续向小牛袭击。公牛夫妻见狮子扑向小牛，它们立刻从两面向狮子发起攻击，用牛角拼命地向狮子撞击。为了保护孩子，两头牛像疯了一样，狮子见不能得手，只好落荒而逃。狮子没有吃到小牛，很不甘心，经常出现在小牛的附近寻找机会。有一次，小牛玩得太投入，离开了父母，被狮子叼走了。待牛爸爸和牛妈妈发现时，已经晚了。它们拼命追赶，还是让狮子逃掉了。

小牛的爸爸妈妈很伤心，痛苦地流下了眼泪。它们决心向狮子讨还血债。有一次，狮子外出觅食，把小狮子留在家中。公牛走进去，毫不费力地将小狮子顶死，然后带着复仇的快意扬长而去。

秃鹰闻到血腥味，从天空俯冲下来。几只豺狗也从远处向狮子的洞穴赶来。秃鹰和豺狗为了争夺食物，互相攻击，乱作一团。

狮子觅食回来，驱散秃鹰和豺狗，发现小狮子已经被公牛的利角顶死了，又气又痛，伤心得痛哭起来，哭声传得很远。它一面痛哭，一面大骂公牛。

一位打野猪的猎人听到狮子的哭声，觉得很奇怪。他慢慢倾听，才知道狮子是为它的孩子伤心。猎人在远处大声说：

"你的儿女被杀害，你知道心里难过。可是，草原上不知有多少儿女被你杀害，难道它们的父母就不伤心吗！"

大鸦和蛇

《伊索寓言》

这一年，天下闹起了大饥荒。地上的树叶，水里的小鱼，天上的小鸟都被人们吃光了。这次饥荒持续了很长时间，从春天到夏天，又从夏天到秋天，直到第二年的春天，才有一点点缓解。

人们将能吃的都吃光了，最后没有一点办法活下去，只靠着喝水，一天天地等死。人们都饿成了这种样子，那其他鸟兽呢？豺狼虎豹去吃饿死的人，这使它们都活了下来。小的动物，如兔子、松鼠、小鹿只有靠啃食干枯的草根来充饥。

鸟们还算可以，开始时它们四处去寻找野果核和草籽来吃，日子倒过得比其他动物强些。但冬天来时，它们便受苦了。于是，有许许多多飞鸟都被饿死了。大家经常看到一些鸟儿在空中飞着，不一会儿，翅膀一软，便一头摔下来死去了。

鸟中的大鸦也在劫难逃，饿得两眼发花，两腿无力，就是连扇动一下翅膀的力量都没有了。它们尽力挺住饥饿，好不容易活到了第二年的春天。

花红了，草绿了，大鸦靠吃草叶维持着生命。由于长期吃草叶，大鸦面黄肌瘦，它多想有一点儿肉吃一吃呀！

有一天，大鸦有气无力地飞了出来。它东寻西找也没有发现什么能为它解馋的食物。正当大鸦十分烦恼时，突然发现不远处躲着一条蛇。

这蛇也被饿了一整个冬天，它刚刚醒来不久，恰好遇到一个艳阳天，便来到太阳下晒一晒。多么好的太阳啊，太阳光照在身上暖暖的，真比自己在那潮湿、阴冷的洞里舒服多了。蛇躺在地上，美美地享受着太阳的爱抚。不知不觉中，蛇渐渐地睡着了。它梦见自己又恢复了往日的神气，飞快地爬行在草丛中，什么青蛙呀，老鼠呀，都来到它的嘴边，它一口一个、一口一个吃得直流口水。可是，美梦还没有做完，它便觉得身上一阵剧痛。原来是那只大鸦猛扑过来，用利爪紧紧地将它捉住，正张开嘴要吃它呢。疼痛中，蛇猛地一回头，狠狠地咬了大鸦一口。这一口咬得可真狠啊，蛇的毒牙一直刺进了大鸦的肉里。

大鸦的翅膀垂下来了。死神即将降临了，大鸦强睁开眼睛，低声说："我真不幸，我发现了这意外之财，却送掉了性命。"

狗仗人势

《伊索寓言》

狼和狗曾有过一段很好的交情，分手是后来的事情。

狗觉得狼过于残忍，还专门攻击弱小善良的动物；狼却认为狗的指责无理。一天夜里，狗趁着狼熟睡之机，悄悄地不辞而别。

狗孤零零地流浪了许多地方，交过很多动物朋友，但它觉得这些动物都不足与它为友，最终还是选择了人。它认为人最有本事，也最可靠，于是狗在人的家里定居了下来。

狗可以给人做许多事，白天替主人牧羊，夜里看家护院，尽职尽责。所以，人也认为狗是动物中最忠实可靠的朋友。主人饲养了数百十只羊，若干头猪，还有数十只鸡，夜里都交给狗来守护，防备狐狸和狼的偷袭。

狼近来的运气太坏，几天也捕不到食物，饿得饥肠辘辘。它实在没有别的办法，只好冒险来到村庄，看看能否偷到鸡鸭之类的家禽，以便充饥。当然，如果能叼出一只肥羊来那就更好了。

狼悄悄来到小村子里，轻盈地跳过栅栏，还没等它接近羊圈，就被狗发现了。狼觉得自己的运气不坏，因为它遇到了昔日的朋友。狼很热情地打招呼：

"您好，我亲爱的狗先生，我们是老朋友了。分别之后非常想念您，所以特意来看看您，您不介意我来得太晚了吧？"

狗也认出了狼，有些不高兴地问：

"原来是狼大哥，谢谢您还记得我。只是您深更半夜来访，不只是为了看看老朋友吧？一定有什么别的事情。"

狼不计较狗的不友好，回答道：

"您真是一条聪明的狗，不愧是我的老朋友，真了解我。我当然不是专门来看望您的，主要是请您帮忙。您瞧，我饿了几天了，看在过去的交情上，您该给我弄点吃的东西，这才是待客之道嘛。"

狗觉得狼有些可怜，就用友好的语气说：

"我真想帮助您，尽管您从来不是我的什么好朋友。不过，这里只有我晚饭剩下的玉米饼子，不知是否适合您的口味？记得您好像从来不是个素食主义者。"

狼摇摇头，说：

"我不吃你剩下的东西，我只想吃只羊。"

狗当然不能答应。于是狼与狗的谈判破裂，撕咬起来。人听到动静，拎起木棍走出来，恶狠狠地打了狼一棍。狼仓皇逃走，狗奋起猛追。

狼回头斥责狗：

"我不是怕你，怕的是人！你这狗仗人势的东西！"

小蟹和母蟹

《伊索寓言》

一只很有主见的小母蟹生活在大海的浅滩上。有时，它也到大海中游弋，在看了水族的生活方式后，它觉得自己最有资格自豪。它看不起不可一世的鲨鱼，认为鲨鱼虽然凶猛无敌，但绝不敢离开水面；鲸鱼虽然看起来像小山一样高大，可见到鲨鱼，也只能逃之夭夭，算不得英雄。至于其他生得怪模怪样的鱼类，在小母蟹看来更是十分可笑。

小母蟹很敬重大海龟。它觉得大海龟在海中畅游总是从容不迫，姿态优雅，有时爬上海滩，同样一派绅士风度，神态格外斯文，俨然一副老于官场的模样。最让小母蟹感到激动的场面是，小海龟们刚孵化出来不久，即争先恐后地从沙滩爬向大海。数千只小海龟宛如千军万马，一路跌跌撞撞，扑向大海，场面蔚然壮观。

海滩上还时常停留着一些海鸟，海鸟不紧不慢地迈着步子向前啄食。偶尔还引颈长鸣，样子也十分优雅。

这一切使小母蟹惊奇地发现，所有的动物走起路来都比自己的蟹家族快捷，它们都毫无例外地直行，唯有螃蟹家族横行，这使它不由心绪悲凉起来。它试图像其他动物一样直行，试了几次都不成功。后来，只好放弃了。

小母蟹很快长大了，并组成了家庭。不久，又生了儿子。母蟹对小蟹宠爱有加，希望它能彻底改掉祖先的走路方式，像其他动物一样直行。它教导小蟹说：

"孩子，我们家族有坚硬的外壳保护自己，还有实用的蟹钳对付敌人，可我们走路未免太笨拙了，而且观之不雅。人类还把他们中的坏人说成了'横行霸道的蟹将军'，好像我们蟹家族都是一群坏蛋似的。所以，我要求你从现在起，学会直行，免得受到异类的嘲笑。"

小蟹是个孝顺的孩子，很听从母亲的教导，就开始专心致志地学习直行。虽然毫无成效，但它仍然坚持不懈。日子一久，小蟹也渐渐失去了信心，而母蟹却仍在一旁督促。小蟹抱怨着说：

"妈妈，你直行几步让我看看。"

母蟹生气地说：

"我老了，改不了老习惯，你还小，可以慢慢学嘛，不要性子急。"

有一次，小蟹受到袭击，立刻放弃学习，横行而逃。不管母蟹怎样劝诱，从此它再也不肯学直行了，小蟹说：

"直行好看，但不实用；横行难看，却可以保命，还是传统走法好。"

勤劳的蚂蚁

《伊索寓言》

一阵秋风过后，天上下起了哗哗的秋雨。随着秋雨的飘落，绿色的树叶和青青的小草，都被洗成了黄色。

太阳刚出来，蚂蚁兄弟便忙了起来。它们先来到树下，将树上落下的果子用牙咬成小块，然后整整齐齐地摆在树下，晒成干，最后一点点地运回到自己的家中。

此时，草籽都已成熟，这是多么好的食物啊，只要收起来，运回家里，随时都可以吃。啊，蚂蚁家的粮仓真大啊，那里存了许许多多好吃的东西。但蚂蚁兄弟仍然四处寻找食物，让自己的粮仓满些，再满些。汗水沿着蚂蚁兄弟的脸往下淌，它们的衣服都被汗水浸透了，但它们还不休息。

这时，玩了一夏天的蝉飞了过来，它看到蚂蚁累得那副模样，便对它们说：

"傻瓜，又在自找苦吃啊！看看我，你们什么时候才能与我一样潇洒呢！夏天我唱歌、秋天我还唱歌……"

说着，蝉飞到蚂蚁的身边，展开翅膀，摆出了一个优美的舞姿。但蚂蚁兄弟却无心去理它，它们继续忙碌着。

秋天一过去，冬天就来了。漫天的大雪将一切都掩盖了。好冷的天啊，树枝被冻得发出了响声，大地被冻得裂出了缝隙。天冻了，地冻了，一切都冻了。

这一天，冬天的太阳升上了天空。太阳将无限的金光洒在雪地上，远远看去宛如一片金色的海。蚂蚁兄弟抓住这大好时机，运出巢里有些受潮的粮食，仔细地晾晒着。

这时，那只蝉飞了过来。再看这只蝉，它可没有秋天时那么神气了，翅膀软了，脚也没有力气了。原来它已经好多天没有东西吃了。它有气无力地对蚂蚁兄弟说：

"好兄弟们，给我点东西吃吧，不然我就活不过冬天，也就不会看到春天的来临了！"

蚂蚁兄弟对它说：

"你为什么不在夏天存点粮食呢？"

蝉回答说：

"那时我在唱悦耳的歌曲！"

"那你为什么不在秋天存粮呢？"

"那时我只顾嘲笑你们啦！"

蚂蚁兄弟笑笑说：

"如果你只会在夏天唱歌，在秋天嘲笑人，冬天就只能饿得发抖了。"

出卖朋友的驴

《伊索寓言》

一天，狮子和驴碰到了一起，它们便商量着合伙去打猎。说到合伙，当然是要以狮子为主，因为狮子是兽中之王，它身体雄伟，有勇有谋。至于驴，它有一股实干劲，无论什么事都会拿出百分之百的力气去做。狮子和驴商量好了打猎的事，便向山的深处赶去。驴对狮子说：

"大王，我发现山上有一个很大的洞，洞里住满了野羊。它们每天早上到山坡上去吃草，然后就藏到山洞里。"

狮子开始不相信，问道：

"驴啊，你怎么知道那个山洞里有野羊？"

"因为我曾和野羊是朋友，经常到它们那里去做客。"驴十分肯定地说。

于是，狮子相信了。它们很快来到了那个山洞前，狮子对驴说：

"要想将野羊全都捉住，我们得好好商量一下，我看你进山洞去，因为你是它们那里的常客，它们不会怀疑你。我就守在山洞口，监视跑出来的野羊。"

驴答应了一声："好！"说完，它放开四蹄就冲进了山洞里。

野羊见驴来到了洞中，刚要向它问好，没料到驴对野羊又叫又踢，让它们赶快跑出山洞。

野羊们十分纳闷，今天驴这是怎么了，每天都十分友好，现在却乱叫乱踢。它们哪里知道，今天的驴已经出卖了它们。狮子守在山洞口，只听到里面一阵混乱，知道野羊马上就会跑出来，它亮出两个大爪子，野羊来一只，狮子捉一只，一会儿就捉了许多只。

驴在洞里打累了，走出洞来，看到狮子捉住了那么多野羊，便得意洋洋地问狮子：

"大王，你看我是不是非常能干，把这么多野羊都赶出来了。"

狮子回答说：

"你该明白，我要是不知道你是驴，我也会怕你的。因为你会出卖朋友。"

狮子、驴、和狐狸

《伊索寓言》

一天，狮子、驴和狐狸三个无意中聚到了一起。既然有缘相聚，那就应该合伙干点什么。狐狸脑袋瓜儿活，它对狮子和驴说："我们三个应该合起来干点什么事，我想，不如我们三个同心协力去打猎。"

狮子和驴听了狐狸的话，十分赞同。于是它们决定结为联盟，共同捕猎，一起分享胜利的果实。

合作开始了，它们三个坐下来分工。狐狸首先表态，它对狮子和驴说：

"你们看，我身材小，眼睛尖，躲起来不易被发现，侦察情况的工作由我负责，一旦发现目标，我马上报告。"

驴看到狐狸主动承担工作，也马上说：

"我跑得快，就负责追击，一旦发现猎物，我决不会让它们跑掉。"

狮子看到狐狸和驴都有了自己的工作，就十分傲慢地说：

"你们一个侦察，一个追击，那我就负责把猎物置之于死地，因为在我们三个中，我是最英勇无比的。"

分工以后，它们开始分头行动了。

太阳快落山时，狮子、驴和狐狸又重新聚到了一起。它们的合作真见成效，猎到了很多动物。

下一步的工作该是分配它们的战利品了。狮子望望那一大堆猎物，假惺惺地对驴说：

"驴啊，今天你的功劳不小，而且你是天下有名的老实人，你看这些猎物应该怎么分？"

忠厚老实的驴见狮子如此器重自己，自然是感激不尽，认为自己责任重大，应公平合理地办好这件事。它将猎物平均分成三份，然后拿起属于狮子的那一份放到了狮子的脚下。

还没等驴将猎物放稳，狮子便抬起腿狠狠地朝驴踢了一脚，一边踢一边骂道：

"你这个蠢驴，不知好歹的东西，你竟然将我这兽中之王不放在眼里，还来与我平分秋色。"

狮子怒不可遏，还未等驴喊冤，便一口将驴咬死了。接着，狮子转过身来，瞪着眼睛问狐狸：

"你现在说说，这些猎物应该如何分？"

狡猾的狐狸心中早就有数了。它动作麻利地将一大堆猎物放在狮子的面前，并谄媚地说："大王，您的功劳最大，这些都请您受用。"

狮子看了看堆在自己面前的那一大堆猎物，高兴地说：

"狐狸，你真是我的好伙伴，瞧你分配得多么公平，比那头蠢驴可强多了，是谁教你这么做的？"

狐狸转头看了看死去的驴，十分平静地说：

"是驴的灾难！"

感人泪下的动物故事

机智的蝙蝠

《伊索寓言》

蝙蝠与潜水鸟一同经商，因为赔了本钱，所以觉得很没面子，白天连人都不敢见，只有晚上才出来活动。不过，这次赔本买卖虽让蝙蝠十分懊恼，但也有好处——就是使它长了智慧，以后再遇到事，它就能动动脑筋，认真进行分析了。

有一天，蝙蝠在家中实在待不下去了，便想出去走走。一方面是为散散心，排遣一下心中的不快；另一方面也为了看一看外面的世界发生了什么变化。

蝙蝠刚从家里飞出来，突然一阵大风猛地吹了过来，它不禁打了一个寒战。天越来越黑，风也越来越大了，但既然出来了，也只好硬着头皮走一走了。

蝙蝠展翅来到一棵树旁，由于长时间待在家里，翅膀和腿都没有力量。刚落到树下，蝙蝠还没有站稳，突然脚下一软，竟从树上跌了下来。

蝙蝠心中暗想：人要倒霉可真没办法，连树上都不让待。蝙蝠掉在地上，鼓一鼓翅膀，刚想爬起来，就被一只爪子死死地按在了地上。原来，蝙蝠被一只黄鼠狼捉住了。黄鼠狼看着爪子下的蝙蝠，嘿嘿一乐说：

"今天我真有福气，刚出来就遇到了你——送上门来的美餐。"

黄鼠狼张开尖尖的嘴，对准蝙蝠就要咬。在此危急关头，蝙蝠忙说道：

"喂，朋友，我们刚刚见面，你为什么就这样残忍，你知道我是谁吗？"

黄鼠狼说：

"我当然知道你是谁，我向来与鸟类为敌，所以我绝不能放过你。"

蝙蝠听了黄鼠狼的话，马上说：

"你看，你弄错了不是，我不是什么鸟，我和你是同类，也是鼠。不信你看看我的这嘴，这脸。"

黄鼠狼听了蝙蝠的话，仔仔细细地看了看它。也别说，真是鼠头鼠脸的。于是，黄鼠狼便将它放了。

不久以后的一天，蝙蝠再一次出来，又不幸从树上掉到了地上，刚一落地就被另一只黄鼠狼捉住了。黄鼠狼刚要吃掉它，蝙蝠立刻哀求说：

"朋友，你千万不要杀死我，我们是一家人啊！"

黄鼠狼说：

"什么一家人，我憎恨一切鼠类。"

蝙蝠一听更乐了，它马上说：

"对对，可我是鸟类啊，你看看我的这对翅膀。"

黄鼠狼听了，立即将它放了。这样，蝙蝠两次靠机智救了自己。

野驴下山

《伊索寓言》

有一天，野驴从山里跑了出来，漫无目的地到处闲逛。村头的菊花开得正旺盛，野驴伸过鼻子，仔仔细细地嗅了嗅。那香味一直冲进它的鼻子，将它美得直晃头。穿过村子的小溪淙淙地流着，野驴跑过去，将头探进水里，咕嘟、咕嘟地喝了个饱。

村子外边的田地一望无边。地里长着谷子、麦子、大豆、玉米……野驴还是第一次看到这些。来到山外这个世界后，野驴对什么都感到无比新鲜。

接着，它又从村头跑进了村中，看到了它从来没有见过的东西：高大的风车，圆圆的磨盘，高高的房子……它前后左右地看，也不知道那都是些什么玩意儿。

逛够了，野驴来到一个农夫的家门口。它朝前一看，看到有一头家驴正躺在那里。阳光暖暖地照在它的身上，身边的食物筐装满了精饲料，此时，那头家驴半闭着眼睛，将四脚伸开，躺得非常舒服。

野驴来到家驴的跟前，仔细地看着家驴，它发现家驴不仅个头比它大，而且毛发光亮，身材强健。它便走上前去对家驴表示祝贺，说：

"喂，我的一家子，你的生活真令我羡慕啊。你看，有主人为你准备的食物，每天都可以在阳光下睡觉，到了晚上还有专门为你准备的家，你真是生活在天堂里。"

家驴听见野驴的话，只是抬头对野驴苦苦地一笑，什么也没有说。野驴见家驴不吱声，便又诉起苦来：

"我可比不了老兄你呀，我每天生活在深山老林里，不仅三天两头没有吃的，而且还要时刻提防老虎、狮子的威胁，我真想有一天也像你一样，享享这种清福。"

家驴听完野驴的这些话，还是不做声，只是轻轻地叹了一口气，眼睛里噙着泪水。

野驴说了好半天，也不见家驴理它，便十分没趣地走开了。刚走不远，就看到农夫牵着那头家驴下地干活了。家驴拉着沉重的犁杖，迈着沉重的步伐，一步一低头地干活，汗水沿着它那长长的脸淌下来。

地总算犁完了，农夫又将驴牵到磨房里，让它一圈一圈地拉磨。家驴实在有些累了，刚想停下来，农夫便扬起手中的鞭子，朝家驴的背上狠狠地抽了一下。

所有的活都干完了，家驴拖着疲惫的身体回到家里。这时候，野驴又来了。它看到家驴累得连头都抬不起来了，便对家驴说：

"好兄弟，我以前的想法真是错了，现在我再也不认为你是幸福的了。因为我已经看出，不去吃大苦你是得不到那种享受的。"

老虎和兔子

（中国）

很久很久以前，一座山林里，老虎做了大王。它横冲直撞，逞凶霸道，谁碰上它就要被它吃掉。整个山林里的羚羊、小兔、梅花鹿，都提心吊胆地过着日子。眼看着活动的地盘越来越小，自己的兄弟们一天天减少，日子越来越难过，大家都很发愁。这时，狐狸笑嘻嘻地走过来说道：

"老虎可是个凶猛的家伙。它要是吼一声，树叶都要被震落下来的。我们可别惹恼了它，要顺着点才行。它不是每天要吃很多动物吗？我们想个办法，让它每天吃一个，其余的不就可以安安稳稳地过日子了吗？"

大家一听都高兴地拍手赞成，急忙问道：

"快说吧！是什么办法呀？"

狐狸狡猾地眨一眨眼睛，得意地笑着说：

"别着急，听我说。我们按族类轮流着每天送出一个动物给老虎吃。这样老虎就不会到处找吃的了，我们的山林也就会太平无事了。大家说这个办法好不好？"

小动物听了狐狸的这些话后，都闷着头坐着，不吭气。狐狸一看便大声说："不说话就是同意。今天由我先去见老虎。"说完就走了。

狐狸来到老虎洞，见了老虎，手贴前胸，恭恭敬地行了个大礼说：

"尊敬的虎王陛下，托真主的福，给您报喜来了。"

老虎正在睡觉。听说"喜"字，连眼睛也不睁，问道："什么喜事呀？"

狐狸咽口唾沫，凑上去说：

"山林里那些蠢东西，全被我说服了。它们答应每天自动送来一个动物给您做食物。这下您可省得东奔西跑了。"

老虎一听大为高兴，夸奖了狐狸了几句，并答应事成之后每天给狐狸留一点下水作为酬劳。事情就这样定下了，老虎每天在洞里吃一个动物。

一天，轮到瘸腿兔子了，它不愿意平白无故地被老虎吃掉，便想了个主意。这天它很晚才到老虎那儿去。老虎饿得直叫，一见来了个兔子就生气地大声吼道："你为什么这么晚才来？嗯？你这个兔崽子！"

兔子不慌不忙地说：

"虎王陛下，您别生气。我不是故意来这么晚的。我想我身体瘦小，不够陛下吃，就带了一个小兄弟一块来做您的午餐。谁知道半路上碰到一个跟您长得一模一样的虎王，抢走了我的小兄弟，咬断了我的腿，还大骂您是个大骗子，并说要是碰到您把您也要撕个粉碎。您看，这条腿就是让它咬的！"

老虎信以为真，气得暴跳如雷，说：

"好大的胆子，走，快领我去找它！"

兔子一跛一跛地把老虎带到一口井边，指着井底说：

"它钻进洞里去了。您瞧，那不是它吗？我的小兄弟也站在旁边呢！哼，它原来也想把我抢去的，我好不容易才逃到您那儿。"

老虎往井里一看，果然有只花斑老虎在井里，旁边还站着个小兔子。老虎对着井水里的老虎张牙舞爪地狂吼了一声，井水里的老虎也张牙舞爪地狂吼一声。老虎从来没有受过这样的气，便大吼一声，纵身向井里猛扑下去，只听得"扑通"一声，水花四溅，老虎顷刻间连影儿也不见了。

聪明的小兔子用智慧战胜了残暴而愚蠢的老虎，解救了山林里的其他小动物。

百鸟朝凤

（中国）

很久很久以前，凤凰只是一只很不起眼的小鸟，羽毛也很平常，丝毫不像传说中的那般光彩夺目。但它有一个优点：它很勤劳，不像别的鸟那样吃饱了就知道玩，而是从早到晚忙个不停，将别的鸟扔掉的果实都一颗一颗捡起来，收藏在洞里。日复一日，年复一年。

"这有什么意思呀？""这不是财迷精，大傻瓜吗？"其余的鸟儿十分不理解凤凰的这种做法，经常议论纷纷。

"可别小看了这种贮藏食物的行为，到了一定的时候，可就发挥大用处了！"凤凰没有受到其他鸟儿的影响，依旧从早到晚忙个不停，将别的鸟扔掉的果实都一颗一颗捡起来，收藏在洞里。

果然，有一年森林大旱，许多树木庄稼都枯死了。鸟儿们觅不到食物，都饿得头昏眼花，快支撑不下去了。这时，凤凰急忙打开山洞，把自己多年积存下来的干果和草籽拿出来分给大家：

"大家过来我这里吧！我这里有食物，能让大家共渡难关。"

听到凤凰的召唤，鸟儿们纷纷赶来，吃着凤凰平时辛辛苦苦积攒下来的食物，终于理解了凤凰勤劳俭省给大家带来了多么大的帮助。

旱灾过后，为了感谢凤凰的救命之恩，鸟儿们都从自己身上选了一根最漂亮的羽毛拔下来，制成了一件光彩耀眼的百鸟衣献给凤凰，并一致推举它为鸟王。

以后，每逢凤凰生日之时，四面八方的鸟儿都会飞来向凤凰表示祝贺，这就是百鸟朝凤。

义鹊怜孤

（中国）

很久很久以前，在大慈山的南面有一棵大树，树干有两围粗，树枝壮实，树叶宽大。有两只喜鹊飞到这棵大树上忙着筑巢，它们就要做母亲了。过了不久，两只喜鹊各自生下了小喜鹊，两个家庭热热闹闹，日子过得又温馨又红火。喜鹊妈妈每天飞出去找食，回来后，一口一口喂给孩子们吃。虽然喜鹊妈妈十分辛苦，可心里觉得很幸福。

过了不久，发生了一件很不幸的事情。一位喜鹊妈妈在出外觅食时被老鹰叼走了，它再也回不来了。它那两个可怜的孩子已经一天一夜没吃东西了，也没见到它们的妈妈回来，失去妈妈的小鹊十分悲哀地哭呀哭呀，那声音十分凄凉。

小鹊的哭声传到邻居喜鹊家里，这家的妈妈马上对自己的孩子们说：

"你们听，我们邻居家的小鹊哭得多伤心啊！我过去看看，你们乖乖地在家待着别动，等我回来！"说完，喜鹊妈妈离开了自己的孩子们，很快飞到了喜鹊孤儿的家中。

看到邻居家的喜鹊妈妈，两只小鹊哭得更伤心了，它们向喜鹊妈妈哭诉自己失去了妈妈。邻居家的喜鹊妈妈怜悯地抚摸着小鹊说：

"孩子们，别哭了！今后我就是你们的妈妈，你们就是我的孩子！走，到我们家去吧！"于是喜鹊妈妈把这两只小鹊一个个叼起来，放进自己的巢里，还嘱咐自己的孩子，要好好和这两只小鹊一起生活、玩耍。现在，它们的家虽然有些挤，但大家相亲相爱，过得也很快乐。失去了妈妈的两只小鹊受到这家喜鹊妈妈的照顾，它们也把这里当做了自己的家。喜鹊妈妈的生活负担增加了一倍，它每天更辛苦了，可它毫无怨言。

龙王与青蛙

（中国）

龙王住在海底深处，传说它是水族中的至尊，水中一切动物都是它的臣民。龙王还能呼风唤雨，它的一举一动都会给民间百姓带来很大影响，因此，民间百姓虽不是水族动物，也同样对龙王顶礼膜拜。

一天，龙王出外巡游，在海滨遇上了一只青蛙。龙王和青蛙相互致以问候以后，便友好地攀谈起来。青蛙问："龙大王您居住的地方是怎样的呀？"

龙王说："我住在宫殿里，那不是一般的宫殿，那是海底宫殿，是用珍珠宝贝建造的，里面珠光宝气、金碧辉煌。"

接着龙王又问青蛙说："那么你居住的地方又是什么样子呢？"

青蛙回答说："我住的地方嘛，在山间小溪边，那里有绿色的苔藓和碧绿的青草，还有清亮的泉水和洁白的山石，简直美丽极啦！"

说着，青蛙高兴起来，便问道："龙大王，您高兴和发怒的时候是怎样的呢？"

龙王说："我高兴的时候，就给人间适时降下滋润的雨水，使五谷丰登；我发怒的时候，就刮起暴风，使天地间飞沙走石，然后，再加以霹雷闪电，使得千里之内寸草难留。"

说完，龙王又问青蛙说："不知你在高兴和发怒的时候是怎样的？"

青蛙回答说："我跟龙大王您完全不一样。我高兴了，就在风清月明的夜晚亮起我的歌喉，一个劲地'呱呱'鸣叫，唱上一阵；我要是发怒了，就先睁大眼睛凸出眼珠子，接着便鼓胀起我的肚子，表示我的气愤，最后把肚子这么胀过以后也就罢了。我就这么大能耐。"

人云亦云的八哥

（中国）

一群喜鹊在女儿山的树上筑了巢，在里面养育了喜鹊宝宝。它们天天寻找食物、抚育宝宝，过着辛勤的生活。在离它们不远的地方，住着好多八哥。这些八哥平时总爱学喜鹊们说话，没事就爱乱起哄。

喜鹊的巢建在树顶上的树枝间，靠树枝托着。风一吹，树摇晃起来，巢便跟着一起摇来摆去。每当起风的时候，喜鹊总是一边护着自己的小宝宝，一边担心地想：风啊，可别再刮了吧，不然把巢吹到了地上，摔着了宝宝可怎么办啊，我们也就无家可归了呀。八哥们则不在树上做窝，它们生活在山洞里，一点都不怕风。

有一次，一只老虎从灌木丛中窜出来觅食。它瞪大一双眼睛，高声吼叫起来。老虎真不愧是兽中之王，它这一吼，直吼得山摇地动、风起云涌、草木震颤。

　　喜鹊的巢被老虎这一吼，又随着树剧烈地摇动起来。喜鹊们害怕极了，却又想不出办法，就只好聚集在一起，站在树上大声嚷叫：

　　"不得了了，不得了了，老虎来了，这可怎么办哪！不好了，不好了！……"

　　附近的八哥听到喜鹊们叫得热闹，不禁又想学了，它们从山洞里钻出来，不管三七二十一也扯开嗓子乱叫：

　　"不好了，不好了，老虎来了！……"

　　这时候，一只寒鸦经过，听到一片吵闹之声，就过来看个究竟。它好奇地问喜鹊说：

　　"老虎是在地上行走的动物，你们却在天上飞，它能把你们怎么样呢，你们为什么要这么大声嚷叫？"

　　喜鹊回答：

　　"老虎大声吼叫引起了风，我们怕风会把我们的巢吹掉了。"

　　寒鸦又回头去问八哥，八哥"我们、我们……"了几声，无以作答。

　　寒鸦笑了，说道：

　　"喜鹊因为在树上筑巢，所以害怕风吹，畏惧老虎。可是你们住在山洞里，跟老虎完全井水不犯河水，一点利害关系也没有，为什么也要跟着乱叫呢？"

虎与刺猬

（中国）

从前，有一只老虎，又笨又懒。有一天，它肚子饿了，想到野外找点东西吃。找着，找着，它看到一只刺猬朝天睡在前面的草地上，圆乎乎略带鲜红鲜红的，以为是块肉。它便急急忙忙地走过去，正准备张口咬住它，冷不防被刺猬卷住了鼻子，老虎被这突如其来的袭击吓坏了，鼻子上的刺猬越卷越紧，扔也扔不掉。它又疼痛又害怕，吓得赶快跑，赶快跑……

老虎跑着，跑着，一直跑到大山中，又困又乏，实在不能动弹了，便无可奈何地躺在地上，不知不觉昏昏沉沉地睡了。受惊的刺猬见老虎不动了，对自己没有什么威胁了，这才放开老虎的鼻子，迫不及待地逃走了。

老虎一觉醒来，忽然发现鼻子上的刺猬走开了，也不再害怕了，用舌头舔了几下，觉得鼻子还在，很高兴，肚子饿也忘记了，便到半山腰的橡树下面去玩。老虎低头走着、玩着。不知不觉间看见一个橡子的壳儿，圆溜溜地躺在地下，以为又是只小刺猬。它心里猛一惊，不知不觉又有点害怕，害怕自己的鼻子又要被这只"小刺猬"卷着了，于是赶快侧着身子，提心吊胆但又不得不很客气地对橡子的壳儿说：

"我刚才遇上了您的父亲，您父亲真厉害呀！它的本领我已经领教过了。现在我不和您小兄弟计较了，还是希望您小兄弟让让路，放我走吧！"

猫头鹰的疑惑

（中国）

西边的树林里住着猫头鹰，这种鸟是夜间最为活跃的鸟，它们捕食鼠类及其他小动物。按说，猫头鹰应该是人类的朋友，应该受到人们的一致好评。可是住在树林旁边的那些人却并不欢迎猫头鹰做他们的邻居，因为猫头鹰的叫声实在很难听。特别是到了晚上，偶尔有事外出，经过那片树林时，冷不防几声怪叫，真能吓得人们浑身起鸡皮疙瘩，直冒冷汗。于是人们总是想方设法要赶走猫头鹰。

猫头鹰感到十分苦恼，它从这个窝挪到那个窝，可挪到哪个地方也依然不受欢迎，总听到人们责怪和斥骂的声音。猫头鹰想：这里的人实在太刻薄了，我一定要搬得远远的。

猫头鹰这回可是下了大决心了，它竭尽全力向东方飞呀飞呀。飞了三天三夜，已经筋疲力尽，再也飞不动了，才肯停在途中的林子里休息。

一只斑鸠看见猫头鹰那副又沮丧又疲惫的样子，很是奇怪。斑鸠问猫头鹰说：

"你累成这个样子，你要去干什么呢?"

猫头鹰说："我想搬到很远很远的东方去住。"

斑鸠不解地看着它，说：

"为什么呢?"

猫头鹰叹了口气说：

"西边的人太难相处了，他们都讨厌我，说我的声音难听，我在西边实在住不下去了，非搬家不可了！这次我下决心搬到遥远的东边去，离西边越远越好！"

斑鸠像个小姐姐似的笑了笑说：

"搬家就解决问题了吗？依我看，不管你搬到哪里去，都是一样的结果。"

猫头鹰不理解斑鸠的意思，皱起眉头问：

"那为什么呢？我离开他们还不成吗？"

斑鸠语重心长地说：

"道理不是明摆着的吗？如果你不能改变你那难听的声音，你即使搬到最远的东边，也同样不会受东边人的欢迎。"

鸩鸟和毒蛇

（中国）

鸩（zhèn）鸟和毒蛇都是带有剧毒的动物。鸩鸟的羽毛可以在酒饭里下毒，能够致人死命；毒蛇一口下去，牙里的毒液也足以使人死亡。

有一次，鸩鸟和毒蛇相遇在一起，鸩鸟扑打着翅膀，准备把毒蛇啄起来吃掉。

毒蛇急中生智，赶紧说：

"喂，别吃我，快别吃我！人们最厌恶的就是有毒的东西，你身上带有剧毒，都是因为吃了我们毒蛇的缘故。我的毒是没有办法除去了，可是你还有机会，只要你不吃我，身上就不会再有毒了，人们就不会厌恶你了！"

鸩鸟冷笑了几声，开口说道：

"你这条可恶的毒蛇，少在这里花言巧语，我不会相信你的鬼话的！"

鸩鸟加了把劲，把爪下的毒蛇按得更紧了，接着说道：

"你说得很对，我的确有毒，但是人们所厌恶的只是你，而并不是我。你的毒牙里带有剧毒，专门用毒牙去咬人，置人于死地。你是主动去害人，人们自然痛恨你。而我就不同了，我从不用毒去害人，就是偶尔有人用我的羽毛去做些图谋不轨的事，也只是极少数心术不正的人所为，并不关我什么事。我不但不害人，还是毒蛇的天敌，我帮助人们消灭你，所以我是人们的好朋友，人们喂养我来捕杀你。你才是真正的害人精，今天我决不会放过你的！"

话音未落，鸩鸟就猛地啄了下去，把毒蛇吃掉了。

黑羊头的故事

（中国）

山里有一群羊，见狼来了就统统跪下，哀求狼发发慈悲，别吃它们。狡猾的狼对羊说："好嘞！你们恭顺，我也客气，少吃一点，要不，我一下子都把你们吃了。"就这样，狼一天吃一只羊，羊一天天少下去了。

有只聪明勇敢的黑羊对大家说："狼本性残暴，跪拜哀求没有用。我们只有齐心协力同狼斗，才能活下去。"

大伙都觉得是这个道理，可谁都不敢出来领头斗狼。

黑羊蹦出来对大伙说："只要大家拥护我，我来带领大家同狼斗。"大伙都很赞成，就推黑羊做了头儿。

这一天，狼又来了，黑羊领着大伙用尖利的羊角和狼斗了一天。狼空扑了一天，又累又饿，没吃到一只羊，身上还被羊角戳了几个洞。

狼知道明斗不行，就想暗袭，哪知黑羊头机警得很，带领大伙日夜待在一起，还轮班放哨，谁也不许单独行动。这样，两三年功夫，狼一点办法也没有，羊群新增了许多小崽，越来越兴旺了。

有只懒羊觉得黑羊头管得太严不自在，暗下调唆说："狼都怕我们啦，黑羊头还把我们箍得死死的，一块吃草，一块睡觉，还得日夜轮班放哨，苦死了！它是新来的，又是黑羊，不配当我们的头儿。"

两三年平安无事了，大伙都觉得黑羊头管得太严不舒服。听了懒羊的话，就把黑羊头掀翻了，改推懒羊做头儿。

懒羊一上台，便把黑羊头订的规矩全抛开，大伙不再日夜待在一块，也不再轮班放哨，谁愿往哪儿就往哪儿，各自单独行动。狼知道黑羊头下台了，懒羊做了头儿，高兴得不得了，就准备追过来吃羊了。

有一只小白羊知道了，便来报告懒羊头，要它学着黑羊头的法子，领着大家同狼斗。可是，懒羊头最怕死，它不愿听到这个坏消息，反说小白羊造谣惑众，痛打了它一顿。从此以后，谁也不来报告消息了。狼今天来吃一只，明天又吃一只，羊群一天天减少了，连懒羊头都做了狼的下酒菜。

只有那些相信黑羊头的羊，照旧成群结伴同黑羊头在一块，才免遭狼的祸害。

这时，白羊们才醒悟过来，知道上了懒羊的当。大家又来找黑羊，又推它做头儿。

四位朋友

（中国）

很久很久以前，一头毛驴因吃了很多青苜蓿，在一个破烂土墙跟前的灰堆上打了个滚儿，卧在那儿懒洋洋地晒起太阳来。晒着、晒着，它感到心头很难过，私下忖度道："这个世界上的人为什么都不喜欢我呢？我还是做件好事出来，让人们知道我的大名。"

想到这里，毛驴一下子从地上站起来，抖了抖身上的灰，漫无目的地朝前走去。走啊走啊，来到一个地方，碰见了一只羝羊。

"你好，毛驴大哥！上哪儿去呢？"羝羊问道。

毛驴停住脚步，说：

"你好，羝羊兄弟！情况怎么样呀？你从绿茵茵的草地那边走过来，想必你的日子一定过得挺舒坦喽！是吗？"

"是呀，毛驴大哥！"羝羊说着，又问，"那么，你的景况如何呢？"

毛驴望着羝羊说：

"我也没有什么可发愁的。不过我曾听祖辈们说过：'万物都有一死，只有好事才能永存。'因此，我想干件好事。死后留个美名儿，也算我在世上没有虚度生命。"

这话正说在了羝羊的心坎上。羝羊听了，惊喜地说道：

"你想得实在太好了！我孤孤单单地一个人生活，感到很寂寞。请允许我做你的伙伴吧。"

"行呀，行呀！"毛驴点点头说。

于是，两个朋友一起上路了。走了一阵，一只公鸡加入它们的行列里。又走了一阵，一只刺猬也加入了进来。就这样，四个朋友亲亲密密地结伴往前走去。它们爬过一道道坡，翻过一道道岭，走走歇歇，歇歇走走，一连行走了好多天。

一天，它们唱着歌儿，来到一个渺无人烟的荒野时，突然一只饿狼竖起两只耳朵，朝它们走过来。这可把四位朋友吓坏了。

"快，你们躲藏起来！"毛驴忽然灵机一动，给三个朋友使了个眼色，自己高高地昂起头，站在路正中，羝羊躲在一个大岩石背后，公鸡上到一棵树上，刺猬钻进一个洞里。

饿狼张着大嘴，扑到毛驴眼前，问道：

"咦，毛驴，你们去哪儿呀？"

"我们到处走走转转呗！"毛驴瞪了一眼狼说。

"你们早些时辰来这儿多好。来迟了，害得我好苦呀！我已空着肚子饿了七天啦，今天要是碰不上你们，我就会活活被饿死的。"狼抱怨完高兴地说，"好哇、好哇，真主终于让你们来到了我的面前。你们有四位啊，先站出来一个，让我品尝品尝！"

毛驴异常气愤，毫不迟疑地说：

"好呀，你就先吃我吧！为了不要叫我过分害怕，我叉开后腿，你钻进去撕破我的肚皮吃吧。"

狼听了，急不可待地说：

"你怎么个站法，快站呀！"

于是毛驴叉开两条后腿，镇静地站在地上。狼满有把握地把脑袋从毛驴腿空里伸进去，正要咬肚皮时，毛驴用两条腿紧紧夹住狼的脖颈，"昂——昂——昂！"地扬声大叫起来。羝羊闻声跑过来，用角狠狠抵狼的肚子。公鸡"喔喔——喔喔！"地啼叫着，从这个树枝跳到那个树枝上，问道："毛驴大哥，折长棍子，还是短棍子？折粗棍子，还是细棍子？"刺猬在洞里放开喉咙叫道："毛驴大哥，我正在磨刀哩！你把贼狼夹紧，千万不要叫它溜了，我这就出来啦！我出来戳死饿狼，剁成碎块，把它的皮剥成一条一条的！"狼吓得全身抽搐，魂飞天外，好不容易挣脱开，朝后望也没敢望一眼，夹着尾巴逃开了。

毛驴、羝羊、公鸡、刺猬从狼口里逃出了生命，欢喜地说："世上所有的好事里，团结一致是最好的事。要不是咱们一个夹住狼的脖子，一个抵狼的肚子，两个喊话吓唬它，咱们肯定会被恶狼一个一个地吃掉。往后，咱们紧密团结在一起，永远不分离。"从此以后它们成了好朋友，齐心协力，亲亲热热地度过了一生。

勇敢的豪猪

（中国）

今天的天气特别的好，在青翠的小山坡上，太阳暖洋洋地照着，天空上飘浮着几朵白白的云彩，微风吹过，碧绿的青草发出"沙沙"的响声。

前几天因为下雨，小羊一直都听妈妈的话乖乖地待在家里，今天天晴了，它可要出来晒晒太阳，吃吃青草了。当然，要是能找到小伙伴一起玩耍，那就更美了。

来到山坡上，小羊那份高兴劲就甭提了，它也顾不上吃草，便在草地上撒起欢儿来。那样子，活像一只脱了缰的小野马。它一会儿用小蹄子碰碰盛开的紫罗兰花儿，一会儿又去逗逗草丛里的小虫儿，真是一会儿也不闲着。

快到中午的时候，小羊玩累了，肚子也饿了，于是便在山坡上找了块特别碧绿的青草地，低下头吃起草来。

就在小羊专心吃草的时候，一只凶恶狡猾的坏狐狸不知不觉地悄悄溜到了小羊背后。小羊吃草是那么的认真，一点也没有察觉到背后的动静。所以当坏狐狸突然间猛扑向小羊的时候，小羊连叫都没来得及叫一声。

一抬眼，一只小豪猪正向这边走来。小兔心想：不用问，这位长得像小猪一样的先生肯定也救不了小羊。看它那身胖肉就知道，它一定跑得很慢。

没想到小豪猪却自己走了过去："喂，小兔子，什么事儿值得你这么愁啊？"

小兔听了，没好气地说："什么事儿值得我这么愁？小羊被狐狸给叼走了，可却没一个人救得了它，我能不犯愁吗?!"

小豪猪一听，什么也没顾上说，只问了一下狐狸逃跑的方向，便"嗖"地一下，像一支离了弦的箭一样朝那个方向飞了出去。

看到小豪猪跑得那么快，小兔又惊奇又高兴，但它又一想：就算小豪猪能追上坏狐狸，它也没有像小花狗一样长着尖牙，没有尖牙，它用什么武器来对付狐狸呢？

正想着，小豪猪远远地跑回来了，小羊呢？正被它轻轻地叼在嘴里，身上一点儿伤也没有。小兔一看，马上欣喜若狂地奔了过去，帮着小豪猪把被狐狸吓坏了的小羊轻轻放在地上，让它好好休息。

过了一会儿，小羊果然慢慢地睁开了眼睛，它的第一句话就是："谢谢豪猪大哥的救命之恩！小弟永远感激不尽！"

一旁的小兔更感到奇怪了："怎么，真是小豪猪救了小羊?!"

"不错，是我救的小羊。"小豪猪骄傲地对小兔说道，"你要是因为我长得像猪就看不起我，可就大错特错了。我不但跑起路来特别快，而且浑身长着刺。"说着，小豪猪指了指自己的身上又接着说："看见我身上的这些刺了吗？刚才营救小羊时，正是它们发挥了大作用。每当遇到敌人，我就把这些又尖又粗又硬的刺一根根地竖起来，然后让它们互相摩擦，发出可怕的'刷刷'声。要是敌人还是不害怕，我就干脆掉转身子，倒退着冲过去，用长在屁股上的最尖硬的刺来刺它们，这时，就是再厉害的家伙也会被打跑的。刚才，我就是这样把坏狐狸制服，把小羊救出来的。"

听了豪猪的这番话，小兔真是打心眼里佩服，它竖起大拇指说："看来，你虽然长得像猪，可跑起路来比谁都快，打起敌人来比谁都厉害！"

各有各的绝招儿

（中国）

这一天，小刺猬、小蚂蚁和毛毛虫在林中空地上相遇了，三个久别重逢的好朋友见了面格外高兴，它们坐在地上聊了起来。

一向很傲慢的刺猬又带着傲慢的神情发话了："依我看呀，咱们动物世界里，就数我们刺猬身上的刺最有用了！"

看到小蚂蚁和小毛毛虫都愣在一边说不出话来，刺猬以为它们都佩服自己，就接着得意洋洋地说："你们仔细看看我身上的刺吧，它们一只只又尖又硬，还向四面八方伸着。要是有哪个胆大的家伙来向我挑衅，我就一定要让它尝尝尖刺的厉害，不把它刺得头破血流、抱头逃窜，我决不罢休！"

小刺猬只顾眉飞色舞地夸耀自己，一点儿也没注意到旁边的两个听众已经都不耐烦了。

小刺猬的话音刚一落，小蚂蚁就迫不及待地嚷道："这有什么了不起的呀？身上比别人多长了几根刺，也不至于把你美成这样！再说了，用自己身上的刺来对付敌人，也用不着动什么脑筋呀！芝麻大的一点小事，到你嘴里就成了西瓜，我看你可真会臭闲摆！"

还没等小蚂蚁把话说完，毛毛虫也争着批评起小刺猬来，它说："据我所知，就连一点儿头脑都没有的植物，都懂得用刺来保护自己。昨天下午，我看到一棵野蔷薇上长着碧绿鲜嫩的叶子，就想爬上去吃个够。可谁曾想到，我刚踏上去一只脚，就被那上面又尖又细的刺给扎疼了。我仔细一看，好家伙，整个蔷薇上都长满了厉害的尖刺，谁要是想爬上去偷吃叶子，是根本不可能的。"

青少年精品故事丛书

说起昨天这顿没吃到口的美食，小毛毛虫不禁咽了口唾沫，然后又望着小刺猬得意地说："根据我的观察，蔷薇上面的刺可比你刺猬身上的刺尖多了，这我可一点儿也不是夸张。不信的话，你可以自己亲眼去看看。没准儿，连你这个浑身长刺的家伙也会被它给刺疼呢！"

听了小蚂蚁和小毛毛虫的这些话，小刺猬刚才的那股神气劲儿一下子就没了，它歪着嘴低下了头。

这时，在一边闲了半天的小蚂蚁又不甘寂寞地说话了："其实对付敌人最好的办法是先给它身上开个口子，然后再在口子里扎一毒针。"

看到小刺猬和毛毛虫一点儿也不明白自己的话，小蚂蚁解释说："我的意思是说，每当遇到敌人的时候，我先扑上去狠狠地咬它一大口，然后把我嘴里长的细管子伸进敌人的伤口里，注入一些有毒的蚁酸。这样一来，保管让它疼得火烧火燎，再也顾不上来挑衅了。反正我觉得对付敌人再没有比这更巧妙的办法了。"

小蚂蚁滔滔不绝地讲完了这一大套话，沉默了半天的小刺猬好像又抓住了小蚂蚁的什么把柄似的兴奋起来，它嚷道："这有什么了不起的？去年夏天，也是一棵根本不会运动的植物，叫做荨麻的，差点儿把我的小命给害了。当时我也不知道这种东西的厉害，就大胆地爬了上去想找点吃的，谁知一下子碰上了上面长的一根毒刺，结果呢，就像小蚂蚁刚才说的那种蜇人方法一样，我被荨麻狠狠地戳了一下，顿时就疼得不行了，要不是妈妈赶来把我背了回去，我非疼晕过去不可。"

小刺猬清了清嗓子，又笑着对小蚂蚁说："怎么样，荨麻这招儿并不比你差吧？还说自己的抗敌方法最优秀呢，这下被比下去了吧？以后别说大话，要不然自己下不来台。"

"你懂什么呀你？"小蚂蚁反驳小刺猬说，"荨麻蜇人那是跟我

142

们蚂蚁学的，它注射用的毒汁就是我们使用的蚁酸！"

正当小蚂蚁和小刺猬谁也不服谁的时候，毛毛虫说道："你们俩呀，都别吵了。你们为什么不学学我呢？我从来也不会用刺扎别人，用嘴蜇别人，可谁也不敢伤害我！"

"那你用的是什么办法呢？"小蚂蚁和小刺猬异口同声地问毛毛虫。

"我呀，别看我长得像一只大肉虫子，可却是毒蛾子的女儿呢。没有人敢欺负我们，靠的全是我们外穿的这身花衣裳，不知你们注意过没有，我们毛毛虫的外衣个个儿都很鲜艳，有红斑点的，有白斑点的，有红条纹的，有白条纹的，这样一来，爱吃虫子的鸟儿从老远就会发现我们；而它们又都知道，像我们这样好看的毛毛虫是吃不得的，吃了就会倒霉，因为我们的身体里有毒，所以鸟儿都会远远地绕开我们，免得找麻烦。"

毛毛虫说完后，三个人还是谁也不服谁，叽叽咕咕地吵个没完。

这时，一直在旁边围观的蜥蜴终于说话了："我用的对敌办法恐怕你们谁都没听说过，不管是谁，只要它从后面咬住了我的尾巴，我就一狠心把尾巴断掉，然后趁敌人还没反应过来，赶快逃跑。你们说，我这个办法聪明不聪明？"

让蜥蜴没有想到的是，它的话音刚一落，就受到了小刺猬小蚂蚁和毛毛虫三个人的围攻，有的说它不该这么狠心地抛弃自己身体的一部分，有的说它采取的是一种溜之大吉的不光彩的做法。

看来，这几个骄傲的小动物永远也不会互相服气的。

小白兔和狮子

（中国）

狮子是兽中之王，统治着整个兽国。它骄横跋扈，残暴无道，穷凶极恶，不可一世。它强迫众兽天天给它进贡，把掠回来的东西统统献给它；谁要交不出来，就把谁吃掉。弄得众兽终日恐慌，个个自危，怨声载道，谁也不知道自己今天是死是活。

这一天，轮到小白兔进贡了。它从山下蹦到山上，从山上滚到山下，从河边奔向树林，遇着比它大的动物，不敢走近；遇着比它小的动物，不忍心去抓。于是，它蹲到地上发起愁来："这回怎么去向狮子交代？交不出东西，我就没命了……"想到这里，眼泪簌簌流了下来。

小白兔抹掉眼泪，来到湖边，愣愣地想着怎么办。忽然，它看到自家的影子倒映在湖底。它翕翕鼻子，湖里的影子也翕翕鼻子；它用后腿立起来，湖里的影子也照着做。它觉得又好玩，又好笑。猛然，它脑子里闪过了一个念头，一下子高兴得欢蹦乱跳起来。

小白兔一蹦五尺高，向狮王的宝殿蹦去。到了河边，野羊迎面走来，惊奇地说：

"哎呀呀，小白兔，你还高兴得跳哩，狮子正发怒呐，一见面你就没命了。我这儿拾了几个雀蛋，你拿上献给狮王，说说好话，看能不能饶你这条小命！"

小白兔笑嘻嘻地说：

"羊哥哥，谢谢您啦，你拿去吃吧，我不要。"

说完，谢了野羊，高高兴兴地又往前蹦。

小白兔跑到林子边，遇到了狗熊。狗熊见小兔子高兴的样子，瓮声瓮气地说：

"哼哼，哼哼，好一个不懂事的兔崽子，你还高兴地跑哩，狮王正派出豹子、灰狼四处找你哩！这下回去免不了要给狮王填牙缝。唉，我这里抓了两只虾子，你拿去献给狮王，也许它会饶你这条小命！"

小白兔说：

"熊伯伯，谢谢您啦，您留着吃吧！"

说完，又高高兴兴地朝前蹦。

来到狮王殿门前，见鹿儿、牦牛、野马等弟兄们在门口站着，像在议论着什么。大伙一见小白兔儿，七嘴八舌地说：

"小兔子，你怎么空手回来了，不想活了吗？快把这条鱼拿上！"

"狮王饿得肚子叫哩，把这两只野鸡也带上，这是老家伙爱吃的！"

"……"

这样，你一样东西，它一样东西，在小白兔前放了一大堆。

小白兔十分感动，向众兽说：

"太感谢大伙了，太感谢大伙了！"

可是，小白兔一样东西没拿，径直奔进狮王宫殿。

大伙瞪着一双双惊奇、担心的眼睛，心里为小白兔捏了把冷汗。

小白兔来到狮王的大殿。狮子龇牙咧嘴，怒气冲天地说：

"嘿嘿，好一个大胆的小白兔，一天不见你的面，到哪儿玩去了？嗯，两手空空来见我，还不赶快上来，让我调剂调剂口味！"

小白兔不慌不忙地说：

"狮王在上，听白兔慢慢道来。您是百兽之王，这兽国上下，谁个不知，谁个不晓，谁个不敬，谁个不怕！可是，我今天见到一个庞然大兽，比您嘛，哎呀，大小不相上下，胖瘦不差多少，也有那么点威风凛凛的样子。叫人可恼的是它口气可大哩，根本不把您放在眼里。它对我说，'小小白兔，回去告诉你家狮王，以后每天给我把好吃的东西拿来，如若不然，就要与它见个高低，让它知道知道我的厉害！'它还说，'就怕你家狮王没胆量见我。它不来也好，过三天我就要去把它抓来当菜下酒吃！'"

狮子听着，满肚子的火星直往外冲，勃然大怒：

"嘿嘿，什么东西，好大的口气！竟敢与我比高低！小白兔，这家伙住在哪里，快领我去，我看它有几个脑袋，几个身子！"

小白兔一本正经地说：

"禀报狮王，那家伙离这儿倒不远。可是，我劝大王慎重考虑为是，您能否敌得过它？我可是真心诚意为狮王您着想啊！"

狮子厉声喝道：

"少说废话，快给我带路，马上去见识见识这崽子，它算什么玩意儿，不够我一口吃！"

于是，小白兔在前面引路，狮子在后面气呼呼地走着，嘴里还嘟嘟囔囔，说着什么。

走到半路，小白兔又说：

"我说狮王呀，您可得小心啊！看样子那家伙是不好对付的，身高体壮，凶猛异常。您要放机灵点，自古说'先下手为强，后下手遭殃'，不等它跳起来，您就得扑上去抓住它，给它来个措手不及，动作迟了要吃大亏哩！"

狮子听着，觉得小白兔的话有道理。但它在小白兔面前装出一副高傲、威严的样子说：

"你少啰唆，我乃兽中之王，还不知道这些，要你来指点？老实说，我不费吹灰之力，就把它吃掉了。你等着看吧！"

小白兔领着狮子，来到一眼古井旁。

小白兔说：

"禀报狮王，那家伙就在这里面，正卧着乘凉哩。它机敏得很，已经听到我们的声音了！您看，站起来啦！您到井边一看，它也会看您；您要扑它，它也要扑您。这就看谁的动作快了。您一定要先扑上去，压住它，让它不得动弹！"

狮子急不可待地奔到井边，向里面一看，嗯，果然有一只威风凛凛的庞然大物对它怒目而视。它张牙舞爪，对方也张牙舞爪；它怒吼一声，对方也怒吼一声，一点都不示弱。它做着猛扑的姿势，对方也做着猛扑的姿势。顿时，它火冒三丈，怒不可遏。它向后退了几步，用尽全身的力气。朝着井底那个庞然大物猛扑了过去——只听"扑通"一声，掉进了井底。它挣扎着，扑腾着，但怎么也爬不起来。骄横凶恶而又愚蠢的狮子，根本没有想到：它看到的井底的那个庞然大物，就是它自己的倒影。

聪明的小白兔用计谋除掉了狮子，高高兴兴，一蹦一跳，找它的兽弟兄去了。

都是第一名

（中国）

森林里生活着各种各样的鸟儿，每只鸟儿都认为自己造的窝是森林里造得最好的。为了这，它们争来争去，谁也不让谁。

这天，鸟儿们一起找到了小猴子，大家都觉得小猴子见多识广，而且又特别聪明伶俐，所以一定能够判断出哪只鸟的窝是森林里造得最好的。

小猴子刚被请到，从不闭嘴的小燕子就抢着发言了："我的窝造得最好了。造窝的时候，我每天都从稻田里叼回一点湿泥，然后用口水拌一拌，再掺进几根稻草，等这堆东西干了之后便成了一种坚固的建筑材料。我今天叼一点儿泥，明天叼一点儿泥，日久天长，一个结实的窝就造好了。对了，我还总是把窝盖在房沿底下，这样一来，刮风下雨都不怕，住在里面可舒服呢！"

小燕子的话刚一说完，啄木鸟就接着说道："我的窝造得最好了。我盖窝时不像小燕子那么费劲，但住起来的效果却比它的要好。我先找一棵粗壮有力的大树，然后便把身子紧紧地贴在上面，用嘴'笃笃笃'地一点一点啄树干，没几天的工夫，一个干净而又隐蔽的树洞就造好了，再往里面铺上一些树叶和干草，就可以住进去了。我的窝还有一个别人的都没有的优点，就是冬天的时候里面特别暖和。"

看到啄木鸟夸夸其谈地说了这么多，世界上最小的鸟——蜂鸟也不甘示弱，抢着说道："我的窝造得最好了。它的外形像一只酒杯，可漂亮了。在'酒杯'的里面还铺着一张厚毯子。你别小看这厚毯子，它可是我用无数根细细的小毛毛一根根织成的。"

没等蜂鸟把话说完，金丝燕也憋不住了："我的窝造得最好了。蜂鸟的窝盖得再漂亮也没我的漂亮。我的窝是我用自己的一滴滴口水做成的。近看，像一只半透明的小碗；远看，像一座乳白色的宫殿。除了这些之外，它还有一个你们意想不到的好处。"

"快说呀！什么好处？别卖关子了！"小猴子着急地问。

"我的窝做成了之后，就成了一道最有名的，也是最能滋补身体的良药，叫做'燕窝'，味道可香甜了！"

听了金丝燕的话，小鸟们都愣住了，但园丁鸟可不管这一套，只听它大声地喊道："我的窝造得最好了。"

接着，它又转向金丝燕说道："金丝燕啊金丝燕，也许我的窝是成不了什么补品，但是，要说起谁的窝最漂亮来，你怕是比不过我，我造窝的时候，先在窝的周围用树枝搭一个篱笆，然后再在篱笆上插上各式各样的美丽花朵，还有什么白色的羽毛啦，彩色的贝壳啦，我都统统采来装饰在篱笆上，把我的家布置得像一个小花园一样。"

听了园丁鸟的话，小猴子非常兴奋，连声说："太棒了！太棒了！难怪人们都管你叫园丁鸟呢，原来你真像一个园丁一样，把自己的窝装扮得如同一个小花园。"

听到小猴子不住地夸奖园丁鸟，柳莺不愿意了："园丁鸟的窝漂亮是漂亮，但以我的经验来讲，越漂亮的窝往往也就越不安全。我的窝最安全了。我先用细草编成一个圆球，然后再用青苔和树枝把它盖住，外面只留一个很小的洞当门，谁也不会发现的。"

"那我想你的窝里面一定很挤吧！"这时白鹳说话了，"我的窝就没有这个问题，里面大得很，可以同时坐下好几个小朋友呢！"白鹳的样子真是骄傲极了。

"我的窝也很有意思。"一种叫做厦鸟的小鸟突然说，"我们好几只厦鸟一起搭一个大'伞'，然后再在大'伞'下面各自挂上自己的窝，就像是集体宿舍一样。"

最后，织巢鸟郑重其事地说话了："你们大家的窝造得都可以说是各有特色，但却没有一个可以和我的窝相媲美。"

"你吹牛！"其他的小鸟们都不干了。

"我不是吹牛！我要造窝的时候，就先找来两片芭蕉叶，然后再捡一根又细又长的草棍，接着，我便用自己尖尖的小嘴儿咬住草棍，用它一上一下地把两片芭蕉叶缝合，使缝好的两片芭蕉叶呈漏斗形；最后，我再往'漏斗'里铺上从各处采来的柔软的羽毛，一个舒适的窝就造成了。"

织巢鸟望了望一只只听傻了的小鸟，又接着问道："怎么样，单从我会缝纫这一点来看，是不是就比你们强？"

"话也不能这么说。"裁判猴子出来打圆场了，"你虽然懂得缝纫，但别的造窝技巧你却不会呀，像厦鸟的大'伞'，啄木鸟的树洞，蜂鸟的'酒杯'，还有园丁鸟的小'花园'，这些你都能做到吗?"

"对呀!"

"是这么回事呀!"

小鸟们七嘴八舌地对织巢鸟喊道。

猴子裁判让大家安静下来后总结说:"总而言之,你们大家造的窝都很精巧别致,也都很适合自己。所以要让我把你们的窝评出个一、二、三名来我可做不到,我只能说,大家都是第一名。"

小羚羊智斗大鳄鱼

(中国)

有一天,一只小羚羊非常想念它的表姐,就打电话给表姐说:"表姐,我很想你,我要去你家,和你一起玩儿。"

小羚羊的表姐是一只高鼻羚羊,它的家和小羚羊的家都住在大草原上,只不过中间隔了一条河。表姐在电话里说:"我也正想你呢!欢迎你到我们家来玩儿。"

小羚羊高兴极了,说:"那太好啦!我现在就去!"

表姐高鼻羚羊赶快说:"喂,小羚羊,你千万小心呀!那条大河里有大鳄鱼呢!喂!喂!"

小羚羊急着出发,没听到表姐后来告诉它的话,就把电话挂了。表姐开始着急啦,因为它知道鳄鱼特别坏,特别凶恶,专吃到河边喝水的小牛啊、小羊啊这类的小动物,如果不小心就有被鳄鱼吃掉的危险。小羚羊从来没有见过鳄鱼,一定不知道鳄鱼的厉害。不行!我要赶快到河边去接它。高鼻羚羊心里想着,就急急忙忙出了家门,往河边上跑去。

再说小羚羊,听到电话里表姐让它去玩儿,高兴得不得了,来不及告诉妈妈就蹦蹦跳跳地跑了。它穿过一片灌木丛，又走过一片沙地，就来到了河边。

"再过了这条河就到表姐家啦！"小羚羊自言自语地说，"妈妈以前告诉过我。"

河上没有桥，河水里有一块一块露出水面的大石头，这些石头还没有挨在一起，要想过河，必须从这一块一块石头上跳过去。小羚羊感到有点累了，河水多清凉呀，先喝点水再过河吧！

这时候它发现一条灰乎乎的大大的家伙游了过来。那个家伙全身都是灰褐色的硬皮，疙疙瘩瘩的，一点儿也不光滑；它的四肢短短的，尾巴又粗又大；它的嘴特别长，嘴边还露出了两个大牙。小羚羊从心里讨厌它，因为它的样子实在太凶恶了。

正在这时，那个家伙开口了："这不是小羚羊吗？你想到哪儿去呀？"

小羚羊说："你是谁？我不认识你！"

那个家伙说："你不认识我吗？我是鳄鱼呀！我跟你玩儿一会儿吧。"它说话时露出了满嘴的牙齿，小羚羊发现，鳄鱼嘴里的牙齿都是尖的！它的下巴上的第四对牙齿特别大，嘴闭上了还露在外边。

小羚羊是非常机灵的，它想：我以前见过的狮子、豹子这些凶猛的动物只有前边的牙齿是尖的，后边的牙齿是平的，用来嚼东西，而这个鳄鱼满嘴都是尖利的牙齿，它一定不是个好东西！

小羚羊的判断是非常正确的。鳄鱼很凶猛，它把满嘴的尖牙当作武器，袭击别的动物，把猎物咬死之后就大口大口地吞掉，根本就不嚼。

这时，鳄鱼慢慢地凑近了小羚羊。小羚羊一边慢慢地往后退，一边紧张地想着对付鳄鱼的办法。

鳄鱼心想：哼，这个小笨蛋，连我都不认识，先逗它玩一会儿，然后，嘿嘿！它就成了我的美餐啦！

小羚羊想：河边只有我一个人，到了河对岸就快到表姐家了，那边的人会很多，可以帮助我。我要先想办法过河。对，就这样办。小羚羊想好了对策，就对鳄鱼说："好啊！我也想跟你玩呢！玩什么呢？我先给你表演一个跳远吧！这个我最拿手了！"

鳄鱼心想：哼，反正你也跑不掉，一会儿就会成为我的美餐了。它就假惺惺地说："好呀！你先表演跳远，过一会儿我给你表演游泳。"

小羚羊后退了好几步，缩起身体，然后猛地往前一纵，撒开四条腿对着河面上的石头就跳了出去，它轻盈地沿着河里的石头跳了几下就跳到河岸那边去了。

到了河对岸以后，小羚羊并没有停下脚步，它借着跳跃的惯性，拔腿就往表姐家的方向跑去。

这时候，大鳄鱼才明白，小羚羊借着机会逃脱了！到了嘴边的肉跑了！它气坏了，气呼呼地爬出了河水，想把小羚羊追回来。可是一到岸上，鳄鱼就特别笨了，它整个身体都趴在地上只能慢慢爬，哪里追得上跑得那么快的小羚羊呢？

再说小羚羊，它跑着跑着就碰上了迎面跑得气喘吁吁地表姐高鼻羚羊。

"你可过来了！把我急坏了，我赶紧跑过来接你，怕你被鳄鱼吃掉呢！"表姐说。

"大鳄鱼有凶恶的本性和尖利的牙齿，但是我有智慧、胆量和善于奔跑跳跃的灵活的身体呀！"小羚羊自信地说。

表姐夸奖小羚羊说："你真棒！"

森林医生的助手

（中国）

一只红嘴山雀特别好学，它跟百灵鸟学唱歌，跟小燕子学飞行，跟织巢鸟学编织，看见什么就想学什么，结果呢？哪一样本领也没学好。

有一天，红嘴山雀听说啄木鸟是森林的医生，给树木看病本领可大了，许多树都被它救活了。于是，红嘴山雀又想去啄木鸟家，啄木鸟正要飞出去给树木看病呢，被红嘴山雀给拦住了。"啄木鸟叔叔，让我跟您学习给树木治病的本领吧！"红嘴山雀央求说。

啄木鸟仔细观察了一下它的全身说："小山雀，你并不适合做我们啄木鸟的工作呀！"

"我想多学点本领像您那么伟大，受人尊敬呀！"红嘴山雀听不进去啄木鸟叔叔的意见。

"你要多学本领的想法是好的，但是要看自己的条件呀，做好自己能够做好的事情就是很伟大的了。"啄木鸟叔叔劝道。

小山雀仍然听不进去，缠着啄木鸟非要学习不可。啄木鸟被缠得没有办法了，只好对小山雀说："这样吧！今天我带你出诊一天，如果你觉得能跟我学，我再带你学，好不好？"

"太好了！我一定认真学！"红嘴山雀高兴地说，"我来给您当助手。"

于是，啄木鸟和小山雀就飞到了一片树林里。啄木鸟先飞到了一棵树上，那棵大树笔直笔直的，啄木鸟用爪子抓住树干就立着站在树干上了。

小山雀也想学着啄木鸟的样子站在树干上，但是不行，试了好几次都摔到树下边去了。小山雀只好站在了那棵树横出来的树枝上。

　　啄木鸟说："小山雀，你仔细看看我的脚，我的爪子，第一，两个脚趾是朝后的，第二，两个脚趾朝前，而且弯曲锐利，可以紧紧地抓住直立的树干。再看你的脚呢？"

　　红嘴山雀低头一看，自己的脚三个脚趾朝前，一个脚趾朝后，都不是特别有力量的。

　　"小山雀，脚是咱们俩第一个不同的地方。"啄木鸟说着就沿着树干向上走去。

　　"你看见我的尾巴了吗？我的尾巴羽毛坚硬，有弹性，起着支撑身体的作用。"啄木鸟又说。

　　红嘴山雀想了想说："我的尾羽只在飞行时起保持平衡的作用，不能用来支撑身体。"

　　"对呀！这是咱俩第二个不同的地方。"啄木鸟说着就开始用嘴东敲敲西敲敲。

　　"我的嘴比你的嘴长，又直又硬，像凿子那样，可以啄木树皮，如果我在敲树干的时候发现声音不对劲儿，就知道里边长了虫子。"啄木鸟敲着树皮说。

　　红嘴山雀看了看自己的嘴，比起啄木鸟叔叔的来要短很多，的确不能啄开树皮。

　　"这是咱俩第三个不同的地方。还有第四个不同的地方呢！"说着，啄木鸟叔叔飞快地啄开树皮，用它特殊的舌头从树干中把害虫钩出来吃掉。

　　"你看我的舌头，又长又粘，还有倒钩，可以把虫子粘住，钩出来，让它们一个也逃不掉！"啄木鸟一边吃着虫子一边说。

　　红嘴山雀这回知道了自己不能跟啄木鸟叔叔学习给树木治病的本领了。它很难过，低下头什么也不说了。

啄木鸟一边啄树皮吃害虫一边看看小山雀说："孩子，你怎么啦？"

"我不能再给您当助手了，我学不会您给树木治病的本领了。"红嘴山雀小声说。

啄木鸟停下来看着它说："小山雀，虽然你的身体条件不适合做啄木鸟的工作，学不来啄木鸟的本领，可是你可以把你能做好的事情做好呀！"

"是吗？"红嘴山雀抬起了头。

"当然啦！告诉啄木鸟叔叔，你都会做什么事呀？"啄木鸟问。

"我会把在松树树皮里的松手虫找到吃掉！"红嘴山雀说。

"这不是很好吗？你仍然可以做我的助手呀！"啄木鸟鼓励说。

"真的吗？"小山雀惊喜地问。

"那当然啦！你想啊，你可以把松树上的松毛虫找到、吃掉，这也是为树木治病啊，当然算是我的助手啦！"啄木鸟说。

"我以后一定好好地工作，把我能够找到的松毛虫全吃掉！"红嘴山雀下了决心。

森林里的搏斗

（中国）

小老虎吼吼是森林之王——大老虎的儿子，它跟它的爸爸长得很像。吼吼不仅仅长得像它爸爸，而且平时走路、说话、办事处处都像它爸爸。

它走起路来四平八稳、不紧不慢、稳稳当当的。要是发生了什么事情，它会勇敢地大吼一声，飞速地冲上前去与敌人展开搏斗。所以，森林里的小动物都非常尊敬小老虎吼吼的。

有一天，森林之王告诉吼吼说："我要到森林外办事，晚上才能回来，你要好好照顾森林里的动物们。"

"爸爸，你放心地去吧！这儿有我呢！"吼吼说。

"好吧！不过你要小心，听说森林东边小河那儿来了一条特别凶狠的毒蛇，特别危险，你要特别小心才行。"大老虎再三嘱咐。

"爸爸，我知道了，你就放心吧！"吼吼送走了爸爸以后回到了家。

再说大老虎提到了那条特别凶狠的蛇，它看见大老虎从东边过了小河走出了森林。

"嘿！太好啦！时机到啦！来到这个森林好几天了，一直没机会下手，今天可以吃个痛快了！"那条毒蛇坏坏地想。先从哪儿下手呢？对，先在河边找点吃的垫垫底儿，待会儿再找个大家伙过过瘾。

主意想好了，毒蛇在河边转悠开了。一只小青蛙刚刚吃饱了早饭，站在河边晒太阳。毒蛇悄悄地爬过去了，一口咬住小青蛙，小青蛙还没明白是怎么回事呢就被毒蛇吞掉了。

下一个目标是谁呢？一只小蜥蜴在河边的石头上爬着找它妈妈。

小蜥蜴的妈妈出去为它找东西吃了，它等啊等啊，老也等不着，就从家里跑出来接它妈妈了。可是，小蜥蜴没来得及等到它的妈妈给它喂点吃的，就被毒蛇给吞掉了。

毒蛇吃掉小青蛙和小蜥蜴以后觉得挺得意："嘿！大老虎不在，真是可以放心大胆地吃呀！"

于是它又来到了森林边的一棵树上，树杈上有一个鸟窝，许多鸟蛋在里边静静地躺着。毒蛇又饱餐了一顿，把所有蛋都吃光了，碎壳吐了满树满地，然后慢慢盘在地上开始休息了。

"啊，今天可真吃饱了！该好好睡一觉才对啊！"毒蛇想着就眯上了眼睛。

再说小老虎，回家以后就开始练习跑步，从家的这头儿跑到那头，来来回回跑了 90 圈了。

一只青蛙气喘吁吁地跳了进来，见到小老虎吼吼以后就放声大哭："吼吼，快到河边看看去吧！我的孩子被一条毒蛇给吃了，真可怜啊！"青蛙妈妈边说边哭。

"青蛙妈妈，你别着急，我一定给小青蛙报仇。你先告诉我那条蛇长得什么样？"吼吼问。

"那条蛇身体很长，大约有 5 米吧，我离得远，没看太清楚。"青蛙妈妈说。

话音没落呢，蜥蜴也来到小老虎面前放声大哭起来："我刚出去给孩子找点吃的东西，回家后孩子就没有了。听老鼠说，一条大毒蛇把孩子给吃了。可怜的孩子呀！"

"这条可恶的毒蛇！它害了多少小动物呀！我得采取行动了，不然就太晚了。"吼吼想着就往外边走。

刚一出门碰上了小鸟妈妈，它扇着翅膀着急地说："吼吼，快去吧！我所有的孩子都被毒蛇给吞掉了，它还要再去吃别的动物呢！"

小老虎吼吼急了，它大吼一声，像箭一样飞快地向森林边冲了出去。小鸟妈妈在前头领路，一眨眼的工夫吼吼就来到了那条毒蛇面前。

那条毒蛇听见脚步声警觉起来，是大老虎回来了吗？它睁开眼睛一看，一只小老虎威风凛凛地站在眼前。

小老虎厉声问道："你是谁？为什么到我们的地盘里来捣乱？"

毒蛇的身体前部竖了起来，脖子涨得又扁又宽，脑袋向前平伸着左右摇摆，瞪着那双又圆又亮的小眼睛："嘿！我是谁？我是蛇类里毒性最大的眼镜王蛇！听说过没有？人也好，动物也好，被我咬上了，难逃一死！啊哈哈！"毒蛇说。

小老虎吼吼从来没有听说过眼镜王蛇，看着毒蛇那个姿势心里也很紧张的。

眼镜王蛇说话时，舌头不断地伸出来又缩回去，还发出"呼呼"的声音，真是够吓人的。

"知道我的毒汁藏在哪儿吗？哈哈，就藏在眼镜后边的毒腺里，你要是敢过来，我就喷点毒汁让你尝尝！"眼镜王蛇恶毒地说。

小老虎勇敢地向前两步："坏蛋，你快滚开！不然我就跟你拼了！"说着又往前蹿了两步，用虎爪猛地往眼镜王蛇头上扫过去。

眼镜王蛇没有想到小老虎的力量这么大，它吓了一大跳，把头往回缩了缩。

"我叫你滚开！坏蛋！"小老虎说着又扑上去给眼镜王蛇一个大嘴巴。

这时只听"卟"的一声，一股毒液从眼镜王蛇的毒牙上喷了出来，吼吼躲闪不及，有两滴毒液喷进了眼睛里。

"啊呀"一声，吼吼大叫起来："我什么也看不见啦！怎么回事呀！"

原来，眼镜王蛇看到吼吼力气大，硬打打不过，使出了坏招——喷毒液，就在吼吼看不见的时候，它转身跑了，它想，看来这个小老虎也够厉害的，我得离开这个森林了。眼镜王蛇逃得更远了。

吼吼勇敢地赶走了毒蛇，大家都围着它把它送回了家里，问它疼不疼。过了一段时间，吼吼能看见东西了。从此，小老虎也知道眼镜王蛇是非常厉害的毒蛇了。

可是森林里的大家都说："吼吼不愧是森林之王的儿子！"

虾子学艺

（中国）

大海里，"大鱼吃小鱼，小鱼吃虾子"，虾子受的苦最多了。

它再也不愿这样低三下四、忍气吞声地过日子，决意出外拜师学艺，学一套防卫护身的本领回来。

虾子出门了，忽然看见一条飞鱼展开双翼，摆动尾鳍，从半空下来，啪的一声，正落在虾子的面前。虾子见了，惊奇地问："鱼大哥，你从哪儿来？"

飞鱼喘着气回答："哎呀，好险哪！一条恶鲨追着我不放，我只得从海面飞起来。"

一听有恶鲨，虾子吓得全身发抖。它东看看，西望望，慌忙问道："鲨……鲨鱼在哪？"

飞鱼笑着安慰它说："别怕，鲨鱼离这足足有六七十丈，远着哩！"

虾子听说飞鱼一口气飞了六七十丈，连凶恶的鲨鱼都拿它没办法，真羡慕啊，连忙拉住它，请求说："鱼大哥，我受尽恶鱼的欺侮，时时不得安生，你本领高强，收下我这个徒弟，让我也学会飞吧！"

飞鱼把虾子上看看，下看看；左看看，右看看，摇摇头说："你也要学飞？这怕不行呵！"

虾子见飞鱼不肯收，连忙又作揖又磕头，带着哭腔说："好心肠的师傅呀，收下我吧；你不教我，我只有死路一条啦，度过了今天，活不到明天啊！"

飞鱼见虾子讲得这么凄惨，心软了，只得答应："不是我不收你，实在是学飞不容易。好，只要你用心学，肯吃苦，我把全身本事都传给你。"

虾子行了拜师礼，小心地问道："师傅，你飞得远，跃的高，到底有什么诀窍？"

"性急喝不得烫粥嘛，学本领要一步一步来。今天先过第一关吧！"飞鱼摆动尾鳍，左一甩，右一甩，越甩越快，对虾子说："先学摆尾，看到了吧？就这样左摆右甩的，每天多练几回，三天后我再来看看。"

虾子只想一下就把飞的诀窍学到手，如今见飞鱼只教给摆尾，心中老大不高兴。可这是拜师的头一天，它不敢多讲，只得摆动尾巴，左一甩、右一甩地学了起来。别看这尾巴一摆一甩容易，摆得长久了，费气力哩！虾子憋着气硬撑着。

过了三天，飞鱼来了。虾子急急忙忙地说："师傅，你教的这头一步，我全学会了，快把飞的诀窍教给我吧！"说着，左一甩、右一甩地摆起尾巴。

飞鱼前前后后仔细看了一会，喊道："停下来！你摆得太慢了，不行！尾鳍甩得快，来日才能飞得高。这头一步是很要紧的。要说这学飞有诀窍的话，这就是诀窍。你再好好地练三天吧。"

虾子一听还要学三天，顿时冷了半截，暗想：这甩尾连飞的边都没沾到，能算是什么诀窍？这样学三天又三天，熬到何时何日才能学会飞！对了，当初师傅收我时，就支支吾吾不大愿意，如今又一拖再拖，光教给我甩尾，莫不是它不肯真心教，怕我把它的看家本领学到手？想是这么想，只是不敢说出口。

飞鱼又交代了几句，就要告辞。虾子忽然心生一计，想："师傅一定有诀窍不教，也罢，待我咬住它的尾鳍，暗地跟着学。只要把诀窍学到手，就不必三天又三天地学什么摇头摆尾啦！"

虾子觉得这主意灵，于是趁飞鱼转身时，轻轻咬住了它的尾鳍。飞鱼没留意，尾一摆，展开胸鳍，猛地飞了起来。

虾子在飞鱼尾上稍稍睁开眼睛，哎呀呀，这一飞，真了不得，离开水面好几尺，又快又稳，真惬意。一会儿穿过一层浪，一会儿越过一座礁，水面上一些大鱼小鱼干瞪着眼，看那模样，羡慕死哩！虾子越看越得意，想想今天才算如愿啦，要是再把这诀窍早点学来，往后什么也不怕喽！想呀想，想得出了神，没料到身子一阵歪斜，啪的一声被重重摔在一块礁岩上，它疼得"哎哟"一声，便昏过去了。

原来，飞鱼飞了一阵，正要歇身，恰好尾巴触到礁岩，它听到一声叫喊，回头一看，虾子什么时候跟来的，还摔伤了，吃了一惊。它连忙又喊又推，把虾子救醒过来。

虾子红着脸把事情经过说了，飞鱼急得直叹气，说："你呀，怎么干出这种蠢事来！学本领总得从底功学起，一步一步来。又要肯吃苦，功到自然成，哪能找诀窍，走简便省力的路啊！"

虾子这一摔不轻啊，脊梁骨全折了，再也没法学飞啦！后来，飞鱼见它有了悔意，才又教了它别的技艺，让它学会了弹蹦。这不，你看现在的大虾、小虾，脊梁骨全是弯的，它靠着一弹一蹦的本领，避过恶鱼，才使后代生存下来。

布谷鸟盖房子

（中国）

布谷鸟要盖一幢房子，它又拾树棍又和泥，累得汗流浃背的。这时，一只麻雀飞过来，落在房场附近。它见布谷鸟在盖房子，就说："布谷鸟哥哥，你这是要盖房子吗？"布谷鸟抬头一看是麻雀，就笑着回答道："麻雀老弟，你说得很对，我正在盖房子。"麻雀说："布谷鸟哥哥，我看这房场不好。"布谷鸟不解地问："为什么？"麻雀说："这儿正是路边，你下蛋、抱崽可是容易受害呀！"布谷鸟吃惊地问："是吗？"麻雀用肯定的语气回答道："当然是这样的！"布谷鸟说："谢谢你！"它觉得麻雀的话很有道理，于是决定不在这儿盖房子了，而是到森林深处的大树上去盖房子。

布谷鸟又拾树棍又和泥，累得汗流浃背的。这时，一只猫头鹰飞了过来，落在房场附近。说："布谷鸟弟弟，你这是要盖房子吗？"

布谷鸟抬头一看是猫头鹰，就笑着回答道："猫头鹰大哥，你说得很对，我正在盖房子。"猫头鹰说："布谷鸟老弟，我看这房场不好。"布谷鸟不解地问："为什么？"猫头鹰说："房子盖在树上，位置太高了，风可以刮掉它，雨可以淋湿了它，雷电也可以击毁了它。"布谷鸟吃惊地问："是吗？"猫头鹰用肯定的语气回答道："当然是这样的！"布谷鸟说："谢谢你！"它觉得猫头鹰的话很有道理，于是决定不在这儿盖房子了，而是到大树的下面去盖房子了。

布谷鸟又拾树棍又和泥，累得汗流浃背的。这时，一只啄木鸟飞过来，落在房场附近。它见布谷鸟在盖房子，就说："布谷鸟朋友，你这是要盖房子吗？"布谷鸟抬头一看是啄木鸟，就回答道："啄木鸟朋友，你说得很对，我正在盖房子。"啄木鸟说："布谷鸟朋友，我看这房场不好。"布谷鸟不解地问："为什么？"啄木鸟说："房子盖在树底下，位置太低了，天旱草木干，起山火时，可是先从地面上着啊！"布谷鸟吃惊地问："是吗？"啄木鸟用肯定的语气回答道："当然是这样的！"布谷鸟说："谢谢你！"它觉得啄木鸟的话很有道理，于是决定不在这儿盖房子了，而到别的树木较多的地方去盖房子了。

布谷鸟又拾树根又和泥，累得汗流浃背的。这时，一只黄鹂飞了过来，落在房场附近。它见布谷鸟在盖房子，就说："布谷鸟叔叔，你这是要盖房子吗？"布谷鸟抬头一看是黄鹂，就笑着回答道："黄鹂侄子，你说得很对，我正在盖房子。"黄鹂说："布谷鸟叔叔，我看这房场不好。"布谷鸟不解地问："为什么？"黄鹂说："在树多的地方盖房子，有许多不利的地方。冬天树招风，这儿很冷；夏天又密不透风，这儿很热。况且，树林里毒蛇多，这对你很有威胁呀！"布谷鸟吃惊地问："是吗？"黄鹂用肯定的语气回答道："当然是这样的！"布谷鸟说："谢谢你！"它觉得黄鹂的话很有道理，于是也决定不在这儿盖房子了，而是到别的地方去盖房子了。

它又拾树棍又和泥，累得汗流浃背的。

布谷鸟从春到夏，从秋到冬，为盖房子的事而东奔西走，但总也没能盖成一幢房子。为什么？因为它没有个人的主见，总听别人的闲言乱语。

大公狼上当

（中国）

几天来，大公狼像疯了似的，满山乱窜，叫声不绝，见到什么就咬什么。它的一窝狼崽被人打死了，它把对猎人的仇恨，发泄到周围的一切动物身上，使得山中的动物们都吓得躲藏起来了。

大公狼来到一片山坡上，发现一只狐狸在对面山坡上一闪而过，它立即闭住嘴，悄无声息地向对面山坡扑过去。它要把两天来见到的第一头动物撕个粉碎，以解心头愤恨。

狐狸似乎知道大公狼在追踪它，跑得更快了。大公狼紧追不舍，眼看快追上，狐狸向右一拐，窜上另一座山坡，大公狼身高体重，速度又快，巨大的惯性使它收不住脚，沿着山后径直冲了下去，待它收脚转弯，狐狸已爬上了山梁。

大公狼从斜刺里冲上去，刚上山梁，狐狸早已跑到半山坡了。大公狼下坡的速度更快了，在它快赶上狐狸时，狐狸又是陡地一转，钻进一片浓密的灌木丛，三下两下，便不见了踪影。大公狼追进灌木丛，找不到狐狸，气得七窍生烟，便对那些扎它皮肤、刺它脑袋的灌木丛又踩又咬，恨不得把这片灌木荡平。

正在这时，前方传来"吱"的一声尖叫。大公狼抬头望去，月光下，灌木丛外又是一条狐狸，正背对着这儿仰天叫唤哩。大公狼喜出望外，它看出来，这不是刚才那条狐狸。这回大公狼学乖了，它将脚步放轻，悄悄地摸上去，它要来个突然袭击。

摸出灌木，大公狼心中窃喜，屏息伏地，正要凌空跳起，猛然间，"哗啦啦"一声响，凭空升起一股高高的尘雾。尘雾中大公狼脚上忽然空了，哪里还容它挣扎，翻了个身，直向下跌去，底下是个深深的陷阱。

这时，从灌木丛里跑出了原先的那只狐狸，与灌木丛边的狐狸一道，小心翼翼地趴在陷阱边上，看了一会已被跌得晕头涨脑的大公狼，然后放心地走了。

原来，狐狸早就发现了猎人挖下的陷阱。当大公狼闯入它们的地盘后，便算计着利用陷阱除掉它。现在，目的达到了。

蝙蝠的本事

（中国）

幼小的蝙蝠，又像飞禽又像走兽。它虽然很聪明，但虚荣心太强，总想一下子把禽兽的本领统统学到手。

在百花竞放的春天，蝙蝠来到芳香扑鼻的花园，它望着时而展翅蓝天，时而掠过溪水的燕子，简直看入迷了，它是多么羡慕在广阔天地里自由自在飞翔的燕子呀！它急匆匆地找燕子去了。

"燕子姐姐，从今天开始我就跟你学飞。像你那样，在天空中自由自在地飞翔，好吗？"蝙蝠央求地说。

"你真想学，我可以教你。不过在天上飞，可不比在地上爬，要想一飞万里，就要勤学苦练，坚强勇敢。来，你跟我试试。"燕子一边说，一边带着蝙蝠飞。蝙蝠扇动笨重的翅膀，跟着燕子在天上练飞。开始，它只飞到柱子那么高，过了一会儿，就能飞过房顶了，蝙蝠想：在天上盘旋，并不像燕子吹的那样难。它从空中往下看，小狗、小鸡等小伙伴们都羡慕地看着自己，便得意地大喊道："我多像燕子！我完全可以在天空飞翔了！"蝙蝠边说边想：飞翔很容易，没什么可再学的了。于是它不再练习飞了，连招呼也不打就背着燕子悄悄地溜走了。

走着走着，蝙蝠来到了一条小河旁边，见到一只雪白的鸭子在水里游来游去。看到鸭子悠然自得的样子，它想：我要是能和鸭子一样，那该多好啊！于是，它用刚学会的本事飞到了鸭子面前。

蝙蝠亲切地说："鸭姐姐，我很想跟你学游泳，像你那样在水上自由地游来游去。我已经会飞，再学会游泳，那可太好了！"

"你要真想学，我可以教你，不过游泳可不像在岸上散步那样轻松，要想学会游泳，能逆流而上，不但要勤学苦练，还要有胆量。你肯学吗？如果你愿意学，就下水跟我来。"蝙蝠"扑通"一声跳下水，随着鸭子学起游泳来。它用小小的脚踩水，用笨拙的翅膀打着水。刚开始，它咕嘟咕嘟喝了好几口水，学了一会儿，就能够游过小河了。蝙蝠很高兴，心想：看来这游水也没有什么了不起了！它抬起头自豪地从河这边游到河那边，又从河那边游回这边。在河边吃草的小牛犊、小马驹好奇地看着它，连草都忘吃了。蝙蝠大声对它们说："我也跟鸭子一样，可以在水里漂游啦！"

蝙蝠觉得游泳已经学会了，就偷偷地离开了鸭子，往回走了。对岸树林里，有一只松鼠正摆动着毛茸茸的大尾巴，打扮得好像花束一样在松树上跳上跳下，跑来跑去。蝙蝠看着看着，心里十分羡慕松鼠的本事。它再也待不住了，于是施展出刚学会的游水本事游到对岸，来到松鼠面前，对松鼠说：

"松鼠哥，我很想学爬树，跟你一样在高高的树上自由地跑来跑去。我已经会飞、会游，要再学会上树那该多好啊！"

松鼠说："你要肯花气力学，我可以教你。不过上树可不像在地上跳舞那样容易。"蝙蝠跟着松鼠，运足力气用爪子爬树。它学得很快，不一会儿，四五尺高的树它居然能够爬上去了，它蹲在树上，觉得上树也并不是像松鼠所说的那样难学。松鼠不会飞，自己会飞，所以它更是得意洋洋，一会儿从这棵树飞到那棵树，一会儿又从那棵树爬上另一棵树。这时，树下的花朵笑容满面，好像在称赞蝙蝠的本事，它向花儿喊："我也和松鼠一样，可以在树上随便地来回走了。"蝙蝠不想再学爬树了，它为在鲜花面前显示自己的本事，从树上出溜儿滑下来，"扑通"一声跳进水里游起来。一会儿飞到天上，一会儿又落到地下，玩够了就回家了。

蝙蝠学了一身本事，得意极了。它生怕周围的朋友们不知道，于是神气十足地飞到屋檐下，跳进小溪中游泳，爬上小树苗，把学会的本事全显露了出来。正在这时，它又看到一只田鼠满头大汗忙忙碌碌地在挖地洞。它想：对啦，我还没学会挖洞的本事哩，我会飞，会游水，会爬树，要是再学会挖洞，本事不就更大了？于是它从树上飞下来，去找田鼠。

蝙蝠对田鼠说："哎，田鼠，我想跟你学挖洞的本事。"它连称呼也不肯用，在它眼里，田鼠只会傻头傻脑地挖洞，用不着对它客气。

"你愿意学就可以学，不过挖洞可不像喝凉粥似的，不费吹灰之力就能学成。洞里没有阳光，还得流几桶汗水。你肯学就随我来吧。"田鼠一面不停地挖着洞，一面说着。

蝙蝠学着田鼠的样子挖起洞来了。它用尖尖的嘴拱地，用两脚拨开土，向前挖进去。挖地洞，可真比喝凉粥还容易好几倍。挖了一尺多深的时候，蝙蝠觉得这种本事只要有手有脚，谁都能干，没有什么可学的。于是，它把手上的土和身上的灰尘拍打拍打，便一声没吱地走了。

蝙蝠只用一天工夫，就把飞翔、游泳、爬树、挖洞的功夫全学会了。邻居、伙伴、亲戚、朋友都异口同声地称赞它具有超群的才智。听到这些赞扬，蝙蝠飘飘然起来，觉得世上谁也不能超过自己了。它把小小的头抬得更高，脖子挺得更直了。

黄花、蓝花、红花开遍了山沟。这一天，是举行飞禽走兽春季运动会的日子啦。

学会了各种本事的蝙蝠，首先来到了赛场。

前来参加运动会的各种禽兽都来了，看热闹的多的把赛场围了个水泄不通。

竞赛的第一个项目，是赛飞。会飞的蝙蝠，理所当然报名参加。信号一响，燕子、大雁、云雀都像离弦的箭一样直上蓝天，在万里长空中你追我赶，展翅飞翔。蝙蝠好不容易才飞到屋顶那么高，就再也飞不上去了。第一项比赛，它得了个倒数第一名。

竞赛的第二个项目，是赛游水。会水的蝙蝠，再次报名参加了游水比赛。它"扑通"一声跳下去，爪子踩水，翅膀拍打，没游多远，就咕嘟咕嘟喝了好几口水，灌得它晕头转向，成了落汤鸡，再也游不动了，只好勉勉强强地游回岸边来。这时，鸭子，鸳鸯和鹅都争先恐后地游到终点后返回来了。游泳比赛中，蝙蝠又落了个倒数第一名。

竞赛的第三个项目，是赛爬树。有爬树本事的蝙蝠当然要报名参加比赛，它早就等在松树下面了。蝙蝠暗自下决心，在这场比赛中，即使不能爬到最前面，也要力争在名次之内。于是，它把爪子的劲全用上，没命地往上爬。可是仅仅爬到五六尺高，不但爪子疼痛，而且还晕头晕脑，眼睛发黑，再也没法往上爬了，只好像坐爬犁似的滑下来。这时，松鼠、鼯鼠爬到树顶噙着松树叶返回地上来了。蝙蝠这次也没能进入名次，又落到最后一名了。

竞赛的最后一个项目，是赛挖洞。学过挖洞本事的蝙蝠，没有例外地报名参加了。在前三个项目的竞赛中落选的它，决心在这个项目中争得第一名。因为这场竞赛的对手只有一个田鼠，世上再也没有比它更迟钝的了。比赛开始了，蝙蝠用嘴拱地，用爪拨土，用翅膀撮土，干得满头大汗。但是它干起来手忙脚乱，仅仅掘进一尺，就累得全身发抖，喘不过气来，再也挖不进去了。这时候田鼠已经挖完了，从容地拍打掉身上的尘土，往回走了。蝙蝠输给了被自己瞧不起的田鼠，又得了个倒数第一名。

前来看热闹的小狗、小鸡、小牛和小马它们，亲眼领教了蝙蝠的本事，它们挖苦蝙蝠说："倒数第一也算第一，那也不错嘛！"花儿们抱着朵朵鲜花，原准备献给得奖的蝙蝠，看到这种情景，也笑着走开了。

蝙蝠经常炫耀自己学得了各种本事，今天它可出尽洋相，丢尽脸面了。

从那以后，蝙蝠怕伙伴，怕被大家嘲笑，所以只在晚上才出来活动。也是从那以后，人们就把那些自夸学得了各种"本事"，实际上并不精通的所谓"本事"称为"蝙蝠的本事"。

猫和老虎、老鼠

（中国）

传说，老虎在野兽中没有称王称霸前，比鹿还驯服、比牛还笨、比猪还憨，常常受到猴子和狐狸的欺侮，它的皮原来也是纯黄的，没有一条条的黑斑，因为被猴子和狐狸抓伤、咬伤，才多出那些黑痕来。

老虎实在没法忍受了，就找猫学本事。那时候，猫是百兽的教师，它教猴学抓，教狼学咬，教狗学嗅，教牛学舔……

可是，猫不愿教老虎。因为猴、狼、狗、牛出师以后，一个个都翻脸不认人，把老师忘掉了。尽管老虎再三恳求，它理也不理。

老虎拜师不成，败兴地拖着尾巴走了。经过老鼠家的门口，多嘴的老鼠问它："虎兄，为什么这样败兴？"

老虎流下眼泪，说："我没本事，时常受欺侮。"它还把拜师拜不到的委屈告诉了老鼠。

老鼠诡计多端，想了一会儿，便想出了一个好办法。它在墙壁旁挖了个洞，叫老虎每天夜里躲在它家里，偷看猫教儿子学本领。

办法倒是好办法。偏巧，小猫才养不久，老猫每天只教它们三样本事：扑、掀、剪。老虎看过几天，都学会了。

过了两天，老虎遇到猫，取笑地喊了它一声"师父"，把刚学到的三样本事当面表演了一番。猫觉得奇怪，忙问它是怎么学来的。老虎照实地把一切都讲了出来。

猫看老虎肯这样花工夫学本领，便好心好意地说："可惜可惜，你只学了中间，丢掉头尾。不然，学会全套本事，你就可以当兽王了。"老虎连忙跪下叩头，求猫把全套本事教给它。猫又把嗅、咬、舐和抓都教给了它。可是，老虎不够耐心，嗅和咬还没学到八九分，舐和抓只学到四五成。

最后，猫把最宝贝的威也教了出来。威是一项了不起的本事，一瞪眼，一竖毛，一翘尾巴，把威展出来，百步外的敌手，都会被吓得不敢动。老虎知道这个本事很重要，因此比学扑、掀、剪、嗅、咬、舐和抓都认真，可算是学到了十成。

老虎就这样做了猫的徒弟，待猫十分恭敬，走路也把猫驮在背上。

偏偏老鼠又要多话，在背后取笑老虎："猫教师，虎徒弟，大汉倒给小汉骑。"

老虎虽然学到许多本事，依然和猪一样憨。它听到老鼠这些话，满肚不痛快。一天，它又驮猫出门，趁猫不注意，把它摔下地，一扑，一抓，把猫抓得浑身皮破血流，差点送掉性命。猫急忙爬到树上去——它还留下这一手本事没教给老虎，真可算万幸万幸！

老虎眼睁睁没办法，气得直骂："死猫吊树，死猫吊上树！"

老鼠知道猫、虎闹翻了脸，害怕极了，连夜偷跑下山，白天不敢露头露脸，晚上出来偷吃些东西。可是躲也躲不掉，猫追下山来，看到老鼠就又抓又咬，把老鼠当饭吃。从此以后，老虎就在山上称起霸来了。

直到现在，猫和老虎、老鼠永远是冤家；直到现在，老虎还不会爬树。

老乌龟的智谋

（中国）

一只狡猾的狐狸欺负一只老乌龟，但是老乌龟的甲壳很坚硬，狐狸不能损伤它分毫。狐狸便叫了一群朋友：老鹰、豺狼、穿山甲、黄鼠狼等一齐对付它。

一天，老乌龟路过一座高山，老鹰在天空发现了，猛扑下来啄它；狐狸、豺狼、穿山甲、黄鼠狼得到了消息，也都奔来围攻。老乌龟自知不是对手，只好把全身缩进坚硬的甲壳中，哈哈大笑说："我穿着祖传的铁甲，谁能损伤我分毫！"

狐狸说："大家不要慌忙，慢慢地商量，总有对付它的办法！"

狐狸嘲笑老乌龟说："你有本领，为什么还不逃走呢？"

老乌龟笑着回答说："我有铁甲护身，何必逃跑呢？"

狐狸说："穿山甲呀，你能穿通山岩，赶快动手穿通它的龟壳，头等功是你的！"

老乌龟听了，心中惊慌，它知道穿山甲的厉害，如果真的动手，甲壳被钻上个洞，还有命吗？它故作镇静，依然哈哈大笑说："穿山甲呀，要是你不自量力，不妨来试试看，你折断了头骨、拗断了尾巴，才能领略我祖传铁甲的厉害！"

穿山甲听了，吓得畏畏缩缩，不敢下手。

狡猾的狐狸想出了一个办法："这家伙缩在甲壳里，我们都等着，它总有探出头来透气的时候。灰狼大哥，等它一伸出头来，你就把它咬断。"

老乌龟听了更加惊慌，心想：如果它们真的寸步不离守在这里，我不闷死也会饿死、渴死。手脚蜷缩的时间太久也要发麻。但它仍十分镇静，大声笑着说："我能三个月不喝水，三年不吃东西，你们有耐心，随你们的便吧！这铁甲头上有个透气洞，底下有四个通风孔，千年不探头，也闷不死！豺狼啊，叫你的子子孙孙一代代地都来等吧。"

狐狸听得目瞪口呆，又想出了一个办法："把这老贼放在山岩上，我们拿铁榔头来敲打，把它击个粉碎。"

老乌龟大吃一惊，真的这样的话，甲壳会被击得粉碎，整个身体要被击成肉酱。但是，它还是不动声色，又笑着说："你们这一群蠢货，我那祖传的铁甲，哪里会怕山岩和铁榔头？只怕你们用力敲击，铁榔头被铁甲反弹过去，先断送了你们的性命哪！"

豺狼听得不耐烦，喊叫着说："我们不必和它多啰唆了，送它到高山顶上，然后把它推下去，不把它甲壳跌碎，也让它头脑震裂，送了老命！"

老乌龟心里万分着急，嘴上可笑得格外响，说："我曾经从喜马拉雅山的最高峰跳下去，没伤毫毛，这样低的山头，还怕什么呢！"

狐狸大怒，厉声说："可恨的老家伙，你天不怕，地不怕，好吧，这次可要叫你怕。来，赶快架起柴堆，再浇上油，点起火来，把它丢进火里烧死。乌龟肉烤熟了，大家吃一顿，怎么样？"

朋友们都叫好，这可吓得老乌龟满身出冷汗。可是，它依然镇

感人泪下的动物故事

静地说："好极了，你们的常识太差了，难道没有听说过乌龟洗澡，不是用水，而是用火吗？能够在大火里洗上个澡，多么畅快啊！"

狐狸气得暴跳如雷，大声说："该死的东西，你不怕火，难道你也不怕水？请老鹰叼住它，高高飞起，飞到那条大河的上空，把它掷到河里去，瞧它再敢逞强吗？"

老乌龟心中大喜：好一个狡猾的狐狸，竟会想出了这么一个笨主意，这可再好不过了。但是，它装出十分恐惧的样子，全身颤抖，开始哭泣着哀求道："狐狸大哥，各位好兄长，我和你们没有很深的怨仇，何必一定要置我于死地呢？如果把我掷入大河，那我这笨重的甲壳，马上就沉入水底，不淹死，也就闷死了！求求你们，千万饶了我这条老命吧！……"

狐狸大喜，笑骂道："原来你也有害怕的时候！你再笑呀，为什么要哭泣哀求呢？哼！老家伙，要知道，今天饶了你，日后就是我们的麻烦！"

狐狸命令老鹰动手，老乌龟哭得更凄惨，狐狸却笑得喘不过气来。

老鹰把老乌龟抓住了，高高飞起，飞到那条宽阔的河流上空，找了个水流十分湍急的地方，便把老乌龟抛了下去。

老乌龟掉到河里，等于回到了老家，它从水面上探出头来，开怀大笑，说："多谢老鹰大哥送我回家！狡猾的狐狸先生，劝你以后不要再卖弄聪明啦！"

蜗牛和黄牛

（中国）

蜗牛和黄牛本是一娘亲生的弟兄。蜗牛是大哥哥，黄牛是小弟弟，可是它们的性子大不一样：蜗牛成天钻在家里睡大觉，啥都不愿做，简直懒得要命；黄牛从小爱做活，勤快得要命。

爸爸的岁数大了，又有病，做不了重活，犁不了地。眼看别家都在下种，自家的地还没犁，爸爸急得把犁头掮到地里不歇气地喊："蜗牛，蜗牛！快犁地来！"

蜗牛躲在家里不理不睬，也不出来。

黄牛听爸爸一喊，忙跑到地里说："爸爸，爸爸！我帮你犁地！"

"孩子！你还小，不会犁！"

黄牛说："爸爸！你教我吧，我能学会的！"

爸爸叹口气说："唉！叫蜗牛来犁地，大的不来，小的来了！"（现在陕南的孩子们每逢捉到蜗牛玩时，口里不歇气地喊："蜗牛，蜗牛，犁地来，大的不来，小的来啦！"就是那时候流传下来的。）

爸爸没法，只得把黄牛套在犁头教它犁地。黄牛很用心，也很虚心听话，一学就会了，以后就成了世界上最会犁地的动物。爸爸又教它学会了推磨、拉碾子。

后来，爸爸死了，黄牛成天不是犁地，就是推磨、拉碾子。蜗牛还是成天钻在家里睡大觉，啥都不做，还要黄牛养活它。

俗话说"懒人身懒心不懒"，这是真话。蜗牛成天睡觉，哪有许多瞌睡，睡不着就胡思乱想。一天，它忽然想起，天没有钩子挂，也没有柱子撑，要是塌下来，还能活命吗？它越想越怕，越怕越想，就决定：在床边再修座小石屋子，天塌时钻在里边，不是挺保险吗？

蜗牛的劲来啦！没日没夜地搬石运砖修石屋。人们看它苦成这个样子，就问：

"蜗牛，蜗牛，你忙个啥呢？"

蜗牛说："修石屋哩！"

"修石屋干啥呢？"

"天塌下来好躲哩！"

人们听了都笑它说："蜗牛蜗牛白受苦，天塌石屋也抵不住！"

但蜗牛不信大家的话，还是忙着修石屋。

石屋修成了，它还是成天背着板床睡大觉，啥都不做，连吃饭也要黄牛给它端来。

黄牛看哥哥又懒又怕死，心里很忧愁，便去劝蜗牛说："哥哥，哥哥！咱们一起去犁地吧！"

蜗牛有气没力地说："你不怕天塌砸死你，你去吧，我不去！"

黄牛又气又笑地说："你不犁，我不犁，肚子饿了拿什么吃？"

"你爱犁地你去犁，我怕天塌我不去！"

黄牛看劝不醒哥哥，心里有些上火，便说："我看天塌砸不死你，将来非饿死你不可！"

蜗牛一听弟弟敢咒它"死"，立刻来气啦，抓起一块石头，就向黄牛砸来，并骂道："没管教的东西，敢骂起哥哥来了……"

骂是小事，这块石头打在黄牛嘴巴上，把黄牛满嘴上牙全打落了，害得黄牛到现在还没有上牙。

这下可把黄牛惹恼啦，一犄角便向蜗牛碰来，不承想碰在柱子上，"哗啦"一声把房子碰垮了，砖瓦屋梁一齐朝下塌，吓得蜗牛当是天塌了，一头就朝石屋里钻，从此再也不敢走出石屋一步。

黄牛再也不愿跟这样的哥哥在一起生活，便另外找地方住了。

从此，蜗牛没人养活了。饿了，只好找点青苔、嫩草吃，就这样它还是不敢走出石屋，便背着石屋到处爬。这样背背背，爬爬爬，压得身子缩成指甲盖儿大，但它还是不醒悟。

现在有句歇后语"蜗牛背房子——白受苦"，说的就是这个事儿啊。

猴子和骆驼

（中国）

一座树木葱茏的小山上，住着一只猴子和一头骆驼。山脚下有一条小河，清清的河水湍急地流着。

一天晌午，猴子爬到山顶的一棵大树上东张西望，忽然发现河那边不远的地方有一座茂盛的桃园，熟透了的红红的桃子挂满了树枝。猴子看了好嘴馋，很想去吃那桃子。可是山脚下有小河，过不去，急得它抓耳挠腮，口水直流。

忽然，它看见桃园的近旁有一片绿油油的甘蔗。这下子它可高兴啦，大声叫道："好极了，好极了！有办法了。"说着，就很快地爬下树来，一溜烟地跑开了。

猴子一口气跑到骆驼家里，见骆驼躺在那里休息，它心里很高兴，急忙走到骆驼身旁，规规矩矩地站着，然后很客气地对骆驼说："骆驼大哥，你好哇！我今天特地来请你吃甘蔗哩！"

骆驼因为找不到东西吃，肚子饿得咕噜咕噜地直响，只好闭着眼睛在那里养神。忽然听到有人请它去吃甘蔗，连忙支起身来，见是猴子，就很高兴地说：

"好，好，谢谢你，猴兄弟，你坐坐哇！"

"不坐了，不坐了。我们现在就走好吗？"

"好！"骆驼答应着，就动身跟猴子去了。骆驼跟着猴子到了河边。猴子很快地爬上一棵大树，指着河那边对骆驼说：

"骆驼大哥，你看，甘蔗园就在那边。看见了没有？嗯？"

骆驼伸着脖子望了一会，向猴子说：

"哪里？——我看不见啊！"

"望不见？好吧，我把路告诉你吧！过了河直往前走，不远转向右，然后往那边走不远，再向那边一拐弯，走不多远就到了。"

"这个我记不住，也找不到。好兄弟，你带我去吧。"骆驼被猴子比画糊涂了，向猴子恳求说。

"我不会凫水，过不了河怎么办呢？"猴子装作为难的样子说。

骆驼想了一会儿，用眼瞅了瞅猴子说：

"来，我背你过去吧！"

猴子听了正合心意，但却装作难为情的样子，吞吞吐吐地说：

"唉！唉！……这怎么能行啊，太不像话啦！"

骆驼说："没有什么！来吧，别再犹豫了。"

猴子这才跳到骆驼身上。骆驼把猴子背过河，就跟着猴子向甘蔗园走去了。

猴子把骆驼带到甘蔗园，骆驼就贪婪地吃起来了。

猴子对骆驼说：

"骆驼大哥，你在这里吃吧，我到外边替你看着，别叫园主人看见了。"

"谢谢你，我实在没法感谢你呢！"骆驼一面说，一面还在吃着。

"不必客气，自己兄弟嘛！"猴子说着就走了，到甘蔗园外面绕了一个圈儿，就到桃园里吃桃去了。

猴子吃饱后，急忙向甘蔗园走去。到了那里，见骆驼还在吃甘蔗。猴子来到骆驼跟前，对他说：

"吃饱了吗？骆驼大哥，我们回去吧。"

"没有，没有，请你等等，让我再吃一会吧！"

猴子等了一会儿，又催骆驼回去。

骆驼恳求说：

"请你再等会儿吧，好兄弟，我还没有吃饱呢！"

猴子又等了没多会，就很不耐烦地大声嚷道：

"走吧，你别吃啦！再不走，我就要喊人啦！"

骆驼还想恳求再让它多吃一会儿，可是话还没说出来，猴子已经喊起来啦：

"喂！……唉！……有骆驼吃甘蔗了！喂！……唉！……"

猴子一边喊，一边溜之大吉了。

骆驼见猴子真的喊叫起来了，就顺着旧路慢慢地一步步走回去。它还没走多远，就被人们赶上了，身上挨了好几棍，好容易才跑脱。

骆驼来到了河边，猴子早就在那里等着它哩。这时猴子见骆驼那副狼狈不堪的样子，觉得很好笑。但是它忍住了，故意装作很同情的样子迎了上去，惋惜地说：

"看，挨打了！被人打成这个样子！唉，早叫你走吧，你偏不。唉！……"

骆驼听了，又气又恼，就粗声粗气地答道：

"还不是怪你喊的！你要不喊，人怎么会知道我吃甘蔗呢？我又怎能被人打了呢？"

猴子听了，故作惊奇地说：

"怪我？我什么时候喊的呢？我实在没有喊呀，你听错了，骆驼大哥。"

"不怪你怪谁？明明是你喊来的，还装作不知道！"骆驼气愤地说。

猴子抵赖不成，就默默地摸着脑袋瓜子，想了半天才像想起了什么似的说：

"噢！我想起来了。骆驼大哥，请你原谅我吧！因为我平时有疯病，病一发，就会乱喊乱叫。刚才，也许是我的老病又发了，你要问我刚才喊什么，我自己还不知道呢！"

骆驼沉思了一会儿，才缓声和气地说：

"好吧！既然这样，也就不怪你了。现在我们回家去吧！"

猴子踌躇起来了。

骆驼就说：

"甭磨蹭啦！来，还是我把你背过河去吧！"

"谢谢。"猴子说着就跳到骆驼的背上。骆驼背着猴子向河里走去。

刚到河心，骆驼不走了，大声嚷叫道：

"哎哟，我要打滚，我要打滚！"

"不能呀，不能呀！你打滚我可怎么办哪？"猴子在骆驼背上惊叫起来。

"不，我也有个疯病，病一发就非打滚不可！"

"不能呀，骆驼大哥，请你忍耐……"猴子还没说完，只听得"扑通"一声水响，猴子早落在河里，被湍急的河水冲走了。

兔子为什么豁唇

（中国）

不知什么时候，麻鸡、狼、狐狸和兔子交上了朋友。它们感到十分荣幸，因为兔子是出了名的聪明人。而兔子呢，也感到很高兴，因为它立刻成了这小集团的首领。

这天，四个朋友一同出去打猎。它们游荡了半天还没有打到东西，肚子里饿得就像唱歌一样辘辘直响。这时，兔子忽然看见远远来了个喇嘛，背上背着沉重的褡裢。它忽然计上心来，忙把大伙叫到一边，如此这般嘱咐了一番。大伙连连称好，立刻分散，开始行动。

先说麻鸡，它戴上那顶喇嘛帽，飞到地里去吃粮食。帽子太大，遮了它的视线。结果，被人一把揪住尾巴。它拼命挣扎，好容易挣脱了，可尾毛全部被拔光了。

再说狼，它穿了双靴子去偷羊，被牧羊人发现了，抢着木棒追来。狼穿着靴子跑不动，腿上挨了一棒，被打折了一根胫骨，丢了靴子，才算捡回了性命。

狐狸呢，遭遇也不比别人好。它刚把铜钹带回家，看见自己的一群狐儿子正在崖边玩耍，它立刻举起铜钹一敲，想给它们一个惊喜，谁知小狐狸从没听过这种声音，吓得统统滚下高崖摔死了。

麻鸡、狼和狐狸碰在一起，都怪兔子害了它们。大伙约成一路，决心去找兔子算账。

兔子正在洞口吃糌粑，看见麻鸡、狼和狐狸走来，便哭哭啼啼地迎上去，说：

"哎呀！我上喇嘛的当了。你们看我吃了糌粑，嘴唇都开裂啦！好疼呀……"

"原来我们都上了喇嘛的当。"大伙信以为真地叫道。

于是，大伙饶了兔子，心平气和地走了。

可是，从那时起，兔子祖祖辈辈就真的变成豁唇了。

被惩罚的乌鸦

（中国）

天地开辟以后，就有了春、夏、秋、冬；有了春、夏、秋、冬，就有了花；有了花，就有了五谷、青梨和果子。人们的生活便慢慢地好过了。

但人们还想生活得更好，他们用酥油、奶子、蜂蜜、面粉做成饼，叫乌鸦给天上的神带去，并带去五个愿望。

这五个愿望是：请神使四季都像春天那样，好滋长万物，以免时冷时热，人们容易害病；请神使庄稼只种一次就年年结出果实，免得栽种忙碌；请神使人间不再有洪水、暴风、冰雹，免得有钱的人趁机敲诈穷人；请神使世间人都一样，不要穷的穷，富的富，免得有钱的人践踏穷人；请神使世间不要有大官和百姓的分别，免得大官虐待百姓。

乌鸦飞到天上，把人们的饼献给天神，并说了人们的愿望。天神认为这些愿望都是好的，就允许了。但天神吩咐乌鸦说："你现在身上带有我的允许，必须一直飞到人们那里去，这样，说一个就会应验一个。你在路上不能停，停了，也不能开口说话。"

乌鸦答应了，很得意地往回飞，一路上感到自己不平凡，心想：我真是一只伟大的鸟啊！我替人们做了这样一件大事，真是了不起啊！

它飞到时常歇息的一块石头上，停下来，同时，得意地昂着头，又用黑翅膀扇风取凉，表示自己的劳累。

石头招呼它说："乌鸦表哥！你是吃了大活佛撒出的酥油团吗？为啥那样得意呢？"

乌鸦不说话，只摇了摇头。因为它记得，它在路上不能开口说话。

石头埋怨说："表哥呀！你看你那得意的样子，连话也不和我说了。你定是瞧不起我这没衣穿、没房住的穷亲戚吧？"

乌鸦忍不住了，它回答说："石头表弟，你们整天在风里雨里光着身子，一定冷吧！到了冬天怎样过啊？"它低着头想了想，最后下决心说，"我带有神的允许，我先给你一个吧！从此，你身上没有四季的区别，不再时冷时热，不再常害伤风、咳嗽一类的病了。"

它刚说完，神的允许就应验了。所有石头上都长出一种红色、紫色或棕色的"格尔母草"，四季不凋。从此石头不怕冷热，而且也不患病了。

乌鸦得意非凡，又往前飞。它飞到时常飞往的树上歇下，又昂着头，扇着翅膀。

树招呼它说："乌鸦大哥，你吃了大喇嘛撒出的糌粑团吗？为啥那样得意呀？"

乌鸦不说话，仍然扇着翅膀，摇了摇头。

树埋怨说："难道我们不是好朋友吗？你有得意事也不告诉我，你一定是瞧不起我这短命孤单的朋友啊！"

乌鸦得意地说："好朋友！我从来是讲交情的。不过你也实在太短命、太孤单了，连我们的聚会一年也只有几个月啊！"说完，它偏着头想了想，最后它忍耐不住了，说："我今天带有神的允许，我给你一个吧！从今天以后你们只下种一次，下种以后就年年结实，年年生长。"

它刚说完，神的允许又应验了。以前树籽和五谷一样是每年从地上生长一次的，从此，树就只要下种一次，下种以后就能年年结实，不需要反复栽种。

乌鸦看了这些，异常得意，然后就往人们那里飞去。

人们都在地上焦急地等待着乌鸦归来。当乌鸦看见大家那种热切盼望的神情时，它窘住了。它知道神的允许，最好的和最重要的已被它交给石头和树了。人们的愿望，已经不能完全实现了，于是它扯谎说："你们的愿望，神一个也不允许，因为神说：'世间一切已经够好了。'"

人们听了，都非常失望地说："人们的愿望，神一个也不答应，你这只乌鸦真不是个好兆头！赶紧走开！"从此以后人们都把乌鸦看作是不祥之兆了。

麻雀为什么不会走路

（中国）

大鸽子生了三个蛋，三个蛋孵出三只小鸽子，三只小鸽子都长了一身绒毛，可爱极了。大鸽子非常喜欢它的小鸽子，每天清晨都要出去找虫子给孩子们做午饭。

这一天，太阳刚从天边爬上来，大鸽子就飞出去打食——找虫子。小鸽子们在窝里等妈妈回来。

有一只老麻雀，是一个坏家伙，整天游手好闲，东逛西荡。它早就盯上了三只小鸽子，心想：这三个小东西骨头嫩，肉不知该有多香呢！大鸽子每天出去打食，它早已打听清楚了。这一天，趁着大鸽子外出的时候，它溜进鸽子的家，飞上鸽子的窝，一嘴一个把三只小鸽子都吃了，吃完不算，还把窝踩得稀烂。

大鸽子捉了好多虫，往家里飞，一面飞一面想：今天可晚啦，快点飞，快点飞，孩子们都饿啦。在离家不远的路上有些烂树枝，它想：可不是晚了，卖柴的都来过了。飞到家门口，地上有斑斑点点的血迹，它想：可真够晚了，卖肉的也过去了。怎么听不见小鸽子们嚷饿，难道它们没有看见妈妈？想着想着走进院子一看，窝被毁了。小鸽子呢？一个也不见了。

大鸽子难过得要命，急得咕咕乱叫，小鸽子被杀害了，窝也被拆了，这是谁干的？是老麻雀，一定是它，它是个坏家伙。它就飞呀，飞呀，飞到鸟王杜鹃那里，对着杜鹃哭哭啼啼地控诉老麻雀，请杜鹃替它报仇。

鸟王杜鹃问明情由，很生气，吩咐身旁的乌鸦：

"去，把老麻雀抓了来。"

乌鸦奉了鸟王杜鹃的命令，到处找老麻雀。老麻雀正在一家房檐下晒太阳，远远望见乌鸦飞来了，它十分狡猾，早就摸清了乌鸦的脾气，打好了主意。乌鸦飞到老麻雀的跟前，哑着嗓子说：

"你害我找得好苦。大鸽子把你告了，杜鹃叫我来抓你，快跟我走。"

老麻雀早有准备，满脸笑嘻嘻地在乌鸦的脖颈上挂上一条雪白的哈达，唧唧喳喳地说：

"乌鸦大哥，我们是老朋友，你回去对杜鹃讲，就说找不着我。"

乌鸦接受了它的哈达，只好做个人情放了麻雀，空着手向杜鹃汇报：

"我到处都找了，就是找不到那个狡猾的家伙。"

它说谎不要紧，可是它脖颈上的哈达再也摘不下来了。一直到现在乌鸦的脖颈上，还保存着一圈白色的羽毛，这便是从前受贿的记号。

鸟王杜鹃骂了一句"废物"，又命令身旁的喜鹊：

"喜鹊，你去找狡猾的麻雀，抓它来见我，快！"

喜鹊展开翅膀飞出树林，一直飞到这家屋檐下。老麻雀瞧见喜鹊飞来了，它心里盘算：喜鹊可比乌鸦精明，一条哈达怕是不行了，要多破费些。这时喜鹊已经飞落在它的面前，它马上跑过去迎接，不等喜鹊开口，就送上一条白绒布做的裤子，说：

"喜鹊老弟，你真辛苦，天这么冷你还光着腿没穿上裤子，我这条新做的裤子你拿去穿吧！"

喜鹊喜欢这条裤子，就接在手里，抓老麻雀的事也不好意思再提。于是，它飞回来禀报杜鹃说：

"老麻雀真狡猾，不知道它躲到哪里，找遍了也找不着它。"

可是喜鹊的白裤子再也脱不下来，一直到现在它的子子孙孙还

感人泪下的动物故事

穿着白色的裤子。

乌鸦和喜鹊都没有抓来老麻雀，鸟王杜鹃非常气愤，它把鹞鹰叫来，吩咐说：

"你是最精明、最能干的，你一定要找到老麻雀，抓了来。"

杜鹃的话音刚落，鹞鹰就展开双翼，直冲云霄。它在碧蓝的晴空中飞翔着、盘旋着，用它那双锐利的眼睛，四下搜寻，瞧见老麻雀躺在屋顶上悠然自得地晒太阳。鹞鹰双翅一夹，直冲下来，落在老麻雀的面前。老麻雀还没来得及看清楚来的是谁，已经被鹞鹰一爪子抓起，向鸟王居住的森林飞去。

飞了一程，老麻雀看清楚了来抓它的是鹞鹰，心想：这家伙爱听好话，得奉承它两句，才能逃跑。就说："我当是谁，原来是鹞鹰大哥，你真辛苦了，带着我在天空中飞行，歇一歇吧！"

鹞鹰飞了半天，又带着一个老麻雀，确实有些累了，就说：

"好吧！"老麻雀见鹞鹰听了它的话，接着又说：

"鹞鹰大哥，你是鸟王杜鹃的鹞鹰大将，我是个小小的犯人，咱们不能在一起休息。你是官，应该在上面，你在房顶上休息；我是犯人，应该在下面，我在地上休息。"

鹞鹰听了心里很舒服，可是放下老麻雀又怕它跑了，正在迟疑。老麻雀早瞧出来了，说：

"我眼睛没有你尖，也没有你飞得快，还怕我逃出你的爪子吗？"

鹞鹰一想：对，反正它逃不出我的爪子。就放了老麻雀，飞到房顶上，它左顾右盼，神气十足。

老麻雀落在地上，东瞧西看寻找可以藏身的地方。地上有一只破牛角，它趁着鹞鹰梳理羽毛没有注意的时候，就嗖地钻进牛角躲起来。

鹞鹰往地下一瞧，发觉老麻雀不见了，可急坏了，马上飞到空中去寻找，却瞧不见老麻雀的影子，只见地上有个破牛角。它想：

老麻雀你别玩花招，你逃不了，一定躲到牛角里了。它一声不吭飞下来，一爪子抓起牛角就飞向鸟王居住的地方。

这只牛角太重了，里面又有个老麻雀，鹞鹰飞了一程，就觉得带不动了，可又不能松手，怕老麻雀逃跑，勉强挣扎着向前飞。又飞了一程，鹞鹰筋疲力尽，只觉得眼前金星乱冒，一头从天上栽下来，摔得头昏脑涨，在地上打了几个滚。牛角也从鹞鹰的爪子里落下来，落在一块大石头上，摔得粉碎。可是老麻雀却一点也没摔着，它抖抖翅膀，飞上屋檐，幸灾乐祸、叽叽喳喳地嚷着：

"鹞鹰也不行啦！摔在地上打滚，活该，活该！"

鹞鹰在地上打了几个滚，神志清醒了，抖开翅膀飞上屋檐，抓起老麻雀，头也不回，一直飞到杜鹃面前。

杜鹃审问了老麻雀，这时老麻雀再也不敢耍滑头了，老老实实承认：三只小鸽子是它吃的，窝是它拆的。

鸟王杜鹃听了很生气，命令鹞鹰给老麻雀带上脚镣，罚它不能走路，只能双脚一齐向前蹦。直到现在，麻雀也不会迈着步走路，只能双脚齐蹦，就是这个原因。

兔子与狼

（中国）

在河岸上，有一堆乱石的地方，兔子捡了很多干柴堆着，生起火来，正准备暖和一下，抬头看见河的上游，一只大灰狼拖着无力的脚步走来。兔子一看就知道是上次咬死了小白兔的家伙，于是非常警惕，脑子里想出一个办法。在狼还没有走到的时候，兔子就故意把屁股在火上烤一会，马上跑去坐在冰上。它来回做了好几次。

狼走近了，看见兔子的动作，感到很奇怪，就问道："喂！小兔子，你这是在干什么呀？"兔子说："我在练长生不死。"狼听了以后，暂时放弃了吃兔子的打算，并且要求教它练习。兔子答应了，对它说："我的办法是先把屁股烤热，再坐在冰上，这样练习几十次就行了。不过你还得注意，要尽量烤热，坐也要坐久一些才行。"说完后，兔子就悄悄地溜上了山腰。

狼果然按照兔子的办法去做，把屁股烤热后坐在冰上，冰马上融化成了一个洞，过了一会儿，冰块重新冻结，把它紧紧地冻住。狼想爬起来，可屁股冻得太紧了，结果花费了很大的力气，把毛和皮都撕掉了许多，才从冰窟窿里挣脱出来。这时，兔子很逍遥地坐在半山腰，看着狼的丑态，心中高兴极了，不禁笑了起来。

狼很生气地抬起头来，四处找寻兔子，想要把它吃掉。忽然看见兔子在半山腰坐着，正把什么东西往脸上和眼睛上抹着。于是，狼不管疼痛，向山腰冲去，到了兔子跟前，大声喊道："小兔子！你好大胆，我非吃你不可！"

兔子沉住气答道："那应该怪你自己性急，没有把屁股烤热，结果就冻住了。"

狼一想，确实烤得不太久，口气也就软了一些。它于是换了语气又问："我看见你刚才往脸上抹东西，那是在干什么？""搽胶水啊。"

狼又问："搽了有什么好处呢？"

兔子认真地回答说："胶水涂在眼睛上，会看得很远。"说着，就指着远处的几座大山喊道："嗨，你看，那几座山上有好多兔子哟！大的小的，简直数不清。"

狼顺着兔子指的方向看去，只见白雾茫茫的几座山，连忙问道："在哪儿？在哪儿？我怎么没有看见呢？"

兔子说："你没有搽胶水，当然看不见喽。"

狼心里痒痒的，它想：要是自己用胶水搽了眼睛，看到很远的地方，将来就能到处捕捉兔子吃了。现在叫兔子教我搽上了胶水，等我眼睛亮了以后，再吃它也不迟。于是，狼带着恳求的语气向兔子说："兔兄弟，你把这方法教给我吧。"兔子连忙摇头回答："不不不！我不能再教你，搞不好你要吃我。"狼说："不会的，只要你教我，我是感谢你的。"

狼求了好久，兔子答应了。

兔子对狼说："这方法很简单，你先把眼睛闭上，再搽上胶水，越多越好。这样，你等到明天早晨再把眼睛睁开，就能看得远了。"狼听了，满心欢喜，向兔子道了谢，连忙选择一块草地坐下，闭上眼睛，用爪子蘸上胶水，不停地往眼上乱搽。这时，兔子又悄悄地溜上山顶去了。

第二天早晨，太阳出来了，可是狼什么也看不见。它听到枝头上有小鸟的歌唱，知道已经天亮了，于是欢喜地咂了几下嘴。它想：哈，我这下成了千里眼了，不管多远的地方，只要有兔子，我就能看见。小兔子，你等着吧！它猛一下想把眼睛睁开，可是没有办法，上下睫毛和眼皮全粘得紧紧的。狼用了很大的劲，也没有达到目的，心里暗暗后悔，它顾不得痛，用爪子在眼上乱抓，结果抓得鲜血淋漓，才算勉强把眼睛睁开。抬头一看，兔子正在山顶编波子，非常安逸地晒着太阳，狼一气之下，翻上了山顶。

狼瞪着血糊糊的眼睛，向兔子怒吼道："小兔子，你这家伙又骗了我，今天非吃你不可！"

兔子不慌不忙地钻进了编好半截的波子里，一边滚动着，一边毫不介意地说："我早就说过，学得不好是要吃亏的，可你偏要逼我教你。要吃，你就吃吧！"

狼看到兔子根本不怕自己，并且还不停地滚动着波子玩，感到惊讶，心想这可能又是在练习什么，于是问道："你钻进波子里滚着，有什么好处？"

兔子说："这个好处大得很。这样练习过后，全身不痛，身体健康，气力增大，就是老虎、狮子也打得赢；全身的肉还会变硬，枪也打不进。"

停了一下，兔子更神气地向狼说道："我现在力气都练大了，昨晚有一头老虎来吃我，被我捉住它的脚一扔，就甩到猎人那里去了，结果被枪打死了。"说着说着，只见兔子爬出波子，昂起头大声斥责道："你这忘恩负义的家伙，我教你练习本领，你自己是个笨蛋，练不好反来怪我。嘿！老实告诉你，我早就预料到了，特地在山顶上练习好力气等你。"说后，向狼逼近两步，又说："来吧，我正准备把你甩到猎人那儿去。"狼看见兔子雄赳赳气昂昂的样子，连忙退后了两步。

狼稍微镇静了一下，马上温和地向兔子说："好兄弟，我刚才只不过是一时生气，你别记着。"停了停，狼偷看了兔子一眼继续说道："你这方法太好了，这一次我用心学，还请你亲自教，行吗？"

兔子连一句话也不说，一动不动地站在原处。狼又请求说："兔兄弟，你别生气了吧！赶快教我，以后我一定做你的好朋友。"

兔子又站了一会，才慢慢地问道："你又想学了，还要吃我吗？"狼连忙说："这次一定学好，再也不敢吃你了，你就快点教我吧！"

兔子点了点头说："好吧，我相信你。你先等一下，我替你编一个大点的波子，因为你身体大些。"狼静静地等着。

兔子编好了波子，叫狼钻了进去，把口封住，它先叫狼在山顶的平地上滚动，几十圈后，又叫狼休息一下，并对狼说："你再在平地滚动三十二圈，休息一下，就要到岩边去滚，那样力气会更大一些。不过到了岩边要注意，如果滚下去，又要重滚三百圈才行。"

狼照着兔子说的，在平地滚完了，又滚向岩边。

这时兔子走过来，对狼说："滚得太慢了，这要多久才练习得好？现在我来帮你掀一掀。"于是兔子用劲一掀，狼同波子一起滚下万丈悬崖，被摔得粉身碎骨。

绿豆雀和象

（中国）

有一对绿豆雀，在草坝上的草蓬蓬里做家家。春天，它们生了蛋，一天天地给蛋温暖，小绿豆雀快出世了。这天，一群大象从树林里闯出来，正对着绿豆雀的家走来。它们要到湖边去喝水。这可吓坏了绿豆雀，忙飞到大象面前求告：

“大象啊，请停停脚步吧！前面就是我们的家，我们的儿女快出世了，请你转个方向走吧，免得未出世的儿女被你踩死，使我们伤心。大象啊，请你转个方向走吧！”

大象不理不睬，鼻子一翘，扇扇耳朵，说：“你这小小的绿豆雀，竟敢来我面前拦阻我！我只认得走路，哪管你们死活。让开！滚开！要不，我就先将你踩死！”

大象甩甩鼻子，迈开阔步，一直向前走去，踩毁了绿豆雀的家，踩碎了绿豆雀的蛋。

绿豆雀发誓要报仇！

绿豆雀飞到阿叔啄木鸟的家里，把刚才发生的事说了一遍。啄木鸟听了很生气，忙飞到河边唤来了点水雀。大家和绿豆雀一起，飞去赶大象。

大家追到了大象。

啄木鸟落在大象头上，在大象鼻子上、眼睛旁啄了起来。“嘚嘚嘚”，啄木鸟不停地啄着。

大象嚷道：“你这小坏蛋，难道眼睛瞎了，怎么敢欺侮到我的头上来了？”啄木鸟好似没有听见，还是“嘚嘚嘚”地啄着。大象的眼睛旁、鼻子上都被啄破了，流着血。不一会，大象的鼻子、眼睛都烂了，臭了。

大象的眼睛看不见了，想找水喝也找不到。

忽然听到点水雀在前面叫起来了，大象想：点水雀生活在水上，点水雀叫，前面必定有水了。它高一脚低一脚地向前走去，到了点水雀叫的地方，鼻子一伸想吸水喝，哎哟，鼻子碰在石头上。原来点水雀不是真在水里叫，是站在石头上叫的。

大象的鼻子越疼，越想喝水。前面又有点水雀叫了。它想：刚才是我听错了！又向前面走去。"扑通"一声，大象从岩石上跌下去了。原来，点水雀是在岩石下面叫的。

因为有这个故事，傣家就有了一句俗语："绿豆雀能战胜大象，是依靠朋友的帮助！"

螺蛳和兔子

（中国）

兔子的后脚长，前脚短，走起路来，总是蹦蹦颠颠；遇到下坡，它就抱着头往下滚。它把这种走法，叫做"随机应变"。

有一天，兔子蹦蹦跳跳地来到塘边，伸下头想去喝水，看见一只螺蛳在水塘里爬行。起初它觉得螺蛳的走法很好玩，后来它越看越生气。于是它连水也不喝了，对着螺蛳说：

"哼！你这个家伙，真笨！你这样慢腾腾地走呀，我看你一天也走不出三寸去！你为什么要这样四平八稳呢？你身子又圆，你不会抱起头来滚？咳！看你走路呀，真急死人！"

螺蛳不慌不忙地对它说：

"兔子大哥，我生来就很笨，不会随机应变。但是我敢和你比一比，看谁走在后，谁走在先。"

"你呀，我让你先走三年，我再动身！"兔子粗声粗气地说。

"谁也不要先走，明天你来，我们同时起身吧！"螺蛳仍然慢慢地说。

到了第二天，所有的螺蛳都集结在一起，一个跟一个地连成一个圆圈，绕在水塘边缘。它们刚刚排好队，兔子一蹦一跳地来了，它老远就喊着：

"喂！笨家伙，来比一比吧！"

"好！动身吧！看看到底是谁笨？"螺蛳也不甘示弱地说。

于是兔子就一蹦一跳地跑了几步，得意地回过头来说：

"笨家伙！我跳几步就够你走上三天！"

可是这时它听到前面的螺蛳说：

"不消三天，我现在就在你前面。"

兔子又连忙跳了几步说："看看究竟谁走在先？"

它前面的螺蛳又说："我还是走在你前面！"

这样，兔子就跟着螺蛳的喊声，绕着水塘边转。跑来跑去，累得要死，螺蛳的声音还是在它前面。最后，兔子没有办法了，就"随机应变"，抱起头就滚。可是水塘边不比下坡路，这一滚，就掉进水塘里去了，差点没淹死。

螺蛳对它说："兔先生，到底是你笨，还是我笨？"

布谷鸟和雄鸡

（中国）

喜鹊最会盖房子，它要亲手盖一座华丽的宫殿。

喜鹊忙来忙去，一共忙了九年九月九天又九个时辰，终于建造成了一座美丽的宫殿。喜鹊为了要显示自己的本领，准备邀请鸟儿们来它家里做客。

喜鹊第一个邀请的是雉鸡。

雉鸡第一个被喜鹊邀请去做客，打心眼里高兴。可是一看到自己的那身衣裳像块破抹布，又丑又脏，就有点不痛快：穿这身衣裳，怎么能去喜鹊家里做客呢！

雉鸡想来想去，忽然想起布谷鸟有一身很漂亮的衣裳，就去找布谷鸟。它来到布谷鸟家门前，拍拍门，叫道：

"布谷姐姐在家吗？"

"你是谁呀？"

"我是雉鸡！"

布谷鸟正在家里刷洗自己的衣裳，听说是雉鸡来了，便开门把雉鸡迎到家里，问它有什么事。

雉鸡把喜鹊盖了一座宫殿，邀请它去做客，自己来借衣裳的事儿向布谷鸟说了一遍。

布谷鸟听了，连连点头，说："好，好。我刚刚把衣裳刷洗干净，就把它借给你穿上去做客吧！"

布谷鸟和雉鸡换穿了衣裳以后，雉鸡对布谷鸟说："布谷姐姐，谢谢你热心帮忙，等我作罢客，就把衣裳送还给你。"说完，又再三道了谢，就摇摇摆摆地到喜鹊家里做客去了。

雉鸡来到喜鹊的家里，谁见了谁都夸雉鸡的这身衣裳，又合体，又漂亮。

雉鸡听了大家的赞美，脸上高兴地笑着，心里暗暗地想：这么漂亮的衣裳，只有我雉鸡才配穿。看看布谷鸟那个长相，哪能配穿这么漂亮的衣裳？它只配穿我那身又丑又脏的衣裳。

雉鸡作罢客，就连声叫着："开凯、开凯！"一展翅飞进树林里，不去给布谷鸟送还衣裳了。

第一天这样过去了，第二天照常来到了。

布谷鸟不见雉鸡来还衣裳，仔细一看，雉鸡的衣裳不是太难看，倒是太脏了。它自言自语地说："也许是雉鸡平时太忙了，顾不上刷洗自己的衣裳，我来帮它洗干净吧。"就把雉鸡的衣裳洗得干干净净了。

第二天也这样过去了，第三天照常又来到了。

布谷鸟还是不见雉鸡来送衣裳，放心不下，便出门去看看。

布谷鸟飞到树林里，听到雉鸡连声叫着："开凯，开凯！"便和和气气问雉鸡："雉鸡妹妹，你叫着'开凯，开凯'是和谁交换了礼物？"

雉鸡说："你怎么装起糊涂来啦！难道当初说的话不算数，现在要来反悔啦！"

布谷鸟听雉鸡这么一说，心里更是不明白。它又问雉鸡："雉鸡妹妹，我真的没听懂你的意思。"

雉鸡把脸一沉，不耐烦说："不明白？我们两个的衣裳是心甘情愿交换的，你怎么还来问我为什么老叫着'开凯，开凯'呢？"

布谷鸟说："我们两个的衣裳不是交换呀，是你要去喜鹊家里做客，来找我暂时借用的呀！"

雉鸡生气地说："不是'开凯'，不是交换的，那为什么你穿着我的衣裳呢？"说完，一展翅飞走了，嘴里还叫着："开凯，开凯！"

布谷鸟气昏了，也伤心极了。过了一会，它"布谷，布谷"地叫着，到处去找雉鸡要它还衣裳。

"布谷，布谷！"

布谷鸟从春天叫到夏天，它伤心地叫破了嗓子。

鸟儿们都很同情布谷鸟，从此，谁也不和雉鸡再来往了。

雉鸡虽然穿着布谷鸟的那身漂亮衣裳，但孤零零的一个人，没有谁理睬它，只是它还是厚着脸皮叫着"开凯，开凯"。

感人泪下的动物故事

狡猾的鳝鱼

（中国）

很久以前，有的动物还没有定居下来。一天，它们聚集在一起来商议。商议了很久，也没有想出好办法。还是蛇出了个主意："鱼喜欢水，那就让鱼住在水里，我和青蛙住在陆地上的草丛中和水洞里，大家看看好不好？"

蛇提出来的主意，大家听了都满意。从此，鱼就安家在水里，蛇和青蛙就安家在草丛中和水洞里。

鱼、蛇和青蛙定居下来，大家生活得很美满。

有一条鳝鱼，没有参加最初的商议，它想独自一个住在水里，又想独自一个住在陆地上。于是，它就想出了一个坏主意。

一天，鳝鱼跑到鱼的家里，亲亲切切地对鱼说："鱼大哥，我们都是一个祖先的后代，不信你看看，我的尾巴和你们的尾巴一模一样，咱们是一家人不说两家话，你们可不要对我见外。"

鱼听了，就热情地来招待鳝鱼。

鳝鱼又对鱼说："鱼大哥，我听说蛇很坏，它霸占着绿绿的草丛不算，还和青蛙霸占着水洞，我们要想个办法把蛇除掉才好。"

鱼听了，没说什么。

鳝鱼又说："鱼大哥，这件事请你们放心，由我一个去想办法对付好了。"

一天，鳝鱼又跑到蛇的家里，热热乎乎地对蛇说："蛇大哥，我们都是一个祖先的后代，不信你们看看，我的头和你们的头一模一样，咱们是一家人不说两家话，你们可不要对我见外。"

蛇听了，就热情地来招待鳝鱼。

鳝鱼又对蛇说："蛇大哥，我听说鱼坏极了，最初商议好的它们居住在水里，现在它们后悔了，说它们鱼多，要把我们赶走，由它们来盘踞这绿绿的草地。"

蛇听了，有点半信半疑，没说什么。

鳝鱼又说："蛇大哥，这件事请你们放心，由我一个去想办法对付好了。"

鳝鱼从中挑拨来，挑拨去，它的这套把戏，慢慢地被青蛙看破了。青蛙忙着把鱼和蛇请来，对它们说："鳝鱼是最狡猾的，它见了蛇就摇头，见了鱼就摆尾，我们可不要上了它的当。"

鱼和蛇一听，都明白过来，大家一起把狡猾的鳝鱼赶跑了。

鳝鱼不能居住在陆地上，也不能居住在水里，它不敢再跟鱼和蛇见面，就只好躲藏在稻田里的泥巴底下了。

螃蟹和鹭鸶

（中国）

在召勐的花园里，有一个深水的池塘，成群的鱼儿从荷花下潜游到池塘石阶边，抢吃游客丢下去喂它们的糯米饭。一只鹭鸶凌空飞过，看到这些肥壮的鱼儿，口水止不住地往下淌着，顷刻间像箭一样地朝着鱼儿俯冲了下来。

鱼儿看到水面上的黑影，早就吓得朝深水里面躲藏起来。鹭鸶落下来，站在石阶上等了一天，除了糯米外，再也找不到鱼的影子。最后，它只好忍着饥饿，飞回森林。

鹭鸶打定了主意，第二天，它展开翅膀飞到召勐的厨房里，啄了一些剩饭，丢在浅水的池边，然后用一只脚站在浅水中撑住身子，缩着脖子，低声地在那里哭泣。一群鱼儿听到了哭泣声，匆忙地围拢过来。

鱼儿同情地询问它："鹭鸶妈妈，是不是可恶的老鹰叼走了你的孩子，才使你这样伤心？"

鹭鸶边揩着眼泪边回答："好心的弟妹们，你们哪晓得，使我伤心的不是自己孩子，而是你们。"

鱼群奇怪地又向它游近几步，问道："我们居住在这样深的水里，从来没有得罪你呀，怎么使你伤心呢？"

鹭鸶又洒下了几滴眼泪，回答说："你们哪里晓得，我刚才到召勐的厨房里去啄食物，我偷听了召勐和他妻子的话，他说后天烤瓦撒节日到了，打算把池塘里的水抽干，把所有的鱼拿去煎了赕佛，所以我正在为你们即将遭到灭亡的水族感到悲伤。你们瞧，我急得连厨房里啄来的菜饭也吃不下呢！"

鱼群被感动了，它们一个个哭着，游到它的脚边，不断用嘴巴吻着鹭鸶的脚，央求鹭鸶说："好人呀！只有你的帮助，我们水族才可能避免这一场可怕的灾难，求你可怜我们吧！"

鹭鸶继续流着眼泪说："我的孩子们，我想起来了，离召勐的花园不远，就是澜沧江，那奔腾汹涌的澜沧江水，谁也抽不干，你们只有搬到那里，才能得到永远的安全。就这样吧，我自己虽然力量很小，每一次只能衔着一个孩子飞到江边，但我决心不辞辛苦，一千次一万次地飞来搭救你们，把你们一齐送到安全的地方去。"

鱼儿游向深水，唤来了大大小小的家族，一群群地排好队，围在鹭鸶脚边，鹭鸶便一次衔着一条鱼飞走了。

但是它并没有朝着澜沧江飞去，而是飞往那棵高大的菩提树上去了。它在树上把鱼儿活活吞下，然后又飞到池塘边，衔走那些亟待得救的鱼儿。就这样，它把池里的鱼儿全都吃完了。

第二天中午，饥饿的鹭鸶又飞到池塘边来，想找一点什么充饥，但是池塘里除了几朵荷花外，只剩下一只大螃蟹在那里孤独地游着。

鹭鸶又摆出慈善家的样子来了，它对着螃蟹说道："螃蟹呀！我救了满池的鱼儿，我不能扔下你不管呀！你快游过来，让我衔着你飞到澜沧江去吧。"

其实螃蟹早就看出了鹭鸶的伪善面目，它想好了替鱼儿报仇的计策。现在鹭鸶自己找上门来，它不觉笑了起来，回答说："有风度的慈善家啊，求你也把我带走吧，免得我在这里孤零零的，等着召勐来拿去做菜！"

螃蟹游到了它的脚边，鹭鸶张开嘴来衔它，螃蟹本想用螯钳夹断它的脖颈，但又生怕自己的判断不准，决定看一看虚实再决定。

它笑着对鹭鸶说："有风度的慈善家啊！我不愿意这样做，因为我的壳太硬了，你衔着会把你的嘴磨破，还是让我用双钳轻轻地抱着你的脖子随你飞到江里。"

鹭鸶急于想尝到带有泥土芬芳的蟹肉，便让螃蟹抱住自己的脖子飞起来。一路上它们各自都为自己的妙计感到高兴。

鹭鸶飞到那棵落脚的菩提树上，螃蟹一看满树挂着新鲜的鱼刺和鱼鳞，心中早就明白了。鹭鸶想把螃蟹骗到嘴边，便说："螃蟹老弟，下来休息一下吧！我飞得太累了呀！"

螃蟹突然大叫起来："有风度的慈善家啊！我忘记了带上我的孩子了，它们正在家里等我呢！我宁愿自己做召勐的下酒菜，也不愿丢下孩子不管呀！不见我自己的孩子，我的手再也松不开了。"

鹭鸶发怒了，它大骂道："该死的家伙，你马上就要变成我的食物了。"说完，就拼命甩着脑壳。

螃蟹哪肯放松，也拼命地夹紧螯钳。鹭鸶痛得蹦跳了起来，只好哀求它说："好吧，螃蟹老弟，你别发火，我一定把你送到你孩子的身边去。"它忍着痛，展开翅膀，又飞回到召勐的池塘边来。

鹭鸶把脚停到浅水里的时候，螃蟹就大骂起来："伪善的骗子、吃人的魔鬼，你害了我们多少水族，现在要轮到你自己了。"

鹭鸶一见大事不好，赶忙连连向螃蟹求饶。螃蟹哪肯放过它，拼命将双钳用力一夹，鹭鸶在水上跳了几下，飞不到一尺高，就跌落在深水里了，它的头早和身子分了家。

有勇无谋的狮子

（中国）

有一天，狮子望着它那庞大的身躯，自命不凡地吹嘘说："我是世界上最荣耀和最有力气的一种动物，世上所有的动物对我都很敬畏，我真不愧为兽中之王啊！"

正说话间，一个饿极了的牛虻不声不响地在狮子的颈子上咬了一口。

狮子对这牛虻的突然袭击十分愤怒。它瞪着眼望着牛虻说道："等着瞧吧！你这个小不点，居然敢来侵扰我。好，等一会儿我要把你抓来捏成肉酱。"于是狮子蹦来蹦去地用嘴来捕捉牛虻。

可是，狮子蹦了半天，却没法咬到牛虻。而牛虻呢，却饱吮了一顿鲜美的血，把狮子浑身上下咬得血淋淋的。在一边的蜘蛛看到狮子的狼狈相不禁笑出声来。

"你这小小的蜘蛛，竟敢嘲笑我这兽中之王！"狮子又发怒了。

"别再自吹自擂了。你连牛虻都对付不了，还看不起别人。"蜘蛛回应道。

狮子当然看不起和牛虻同样大的蜘蛛，于是讥笑地回答说："我这么大都杀不死牛虻，你那么小怎么能杀死它呢？这岂不是笑话吗？你跟我一样，没有长翅膀，怎么能捉到它呢？"

蜘蛛胸有成竹地说："是的，我和你一样，确实没有长翅膀，但是我有办法把牛虻捉住。"

狮子听蜘蛛说得很有把握，它一心想报复牛虻，就低下头来向蜘蛛恳求道："那么就请你帮助帮助我，赶快把它捉住吧！我实在被咬得难受！你要是为我做点好事，我一辈子也不会忘记你的！"

于是，蜘蛛嘱咐狮子躺下来，随后在它的周围做了蛛网。很快，牛虻被缠在蛛网上了，做了蜘蛛的俘虏。

这时，狮子才开始觉得自己太盲目自大了，它十分惭愧地对蜘蛛说："我今天才懂得了单有勇气还是不行的，妄自尊大就学不到本领，今后一定要向你学习！"

老虎和萤火虫

（中国）

老虎想吃萤火虫，又找不到借口。一天，老虎见到了萤火虫，就问："老弟，我一个人太孤独了，我们交朋友好吗？"

萤火虫答应了。过了几天，老虎对萤火虫说："老弟，生活太苦闷了，我们来试一试胆量好吗？"

萤火虫问："怎么个试法呢？"老虎说："很容易。你坐到柜里面去，我在外面要给你看；然后，我坐到里面去，你要给我看。瞧瞧谁的胆量大。要是谁心慌了，就算谁输。"

试胆量开始了，萤火虫先到柜中去，这时老虎高兴得牙齿发痒。它想，这顿美餐算有把握了，就翘起了尾巴，吼得地动山摇，直叫得满身大汗，喉咙都嘶哑了才停下来。它问萤火虫："怕吗？"萤火虫在柜里回答："怕？——好看极了。"可是萤火虫心里已明白，原来老虎是这样的"朋友"。

老虎无法吓倒小小的萤火虫，只好改来软的："老弟，你胆量可真不小哩！"萤火虫笑了笑说："你的本领才不小呢。你看，这块坡都快给你抓平了。"

现在，该老虎到柜中去了。老虎想：这小小的东西，哪能吓得倒我？

萤火虫猜透了老虎的心思，只见它慢慢地东一抱，西一抱，不一会搬来了一大堆干柴草。萤火虫想：这回要让老虎尝尝我的味道，看看是香还是辣。接着，它就抽出火镰来，"咔嚓咔嚓"地打着，只见一闪一闪地迸出火花。萤火虫问老虎："老虎，你怕吗？"

老虎一见火，心早慌得发抖，可是它还硬说："这有什么可怕？"。

"咔嚓、咔嚓"的声音又响了，接着一颗颗火星往外迸发，萤火虫又问："怕吗？"

这时，干草、干柴着火了。老虎见了，就急得叫起来："老弟，不要打火了，不要打火了……"

火越烧越大，只听老虎在柜里吓得直叫："我们都是好朋友呀！老弟，不要再打火了，我怕。"

萤火虫一面向火堆上扔干柴草，一面说："嘿！不打火了？有你就没有我。"老虎感到不妙，便在柜里横冲直撞起来，可是，用尽了力量，也没法把柜子撞开。

火焰冲天高，柜子烧成了木炭，老虎也被烧成灰了。萤火虫摆脱了危险。

从那以后，萤火虫飞到哪里，火镰总不离身。当它碰到意外的时候，就打火镰，迸发出一闪一闪的火花，这样，别的猛兽就不敢接近它了。